心の中の娘とともに

佐々木郁子
SASAKI IKUKO

幻冬舎MC

心の中の娘とともに

はじめに

２０１６年に娘が病死、その1年後（一周忌）に闘病記『ホーザ　ブラジルからのおくりもの　日本でがんと闘ったバルの記録』（幻冬舎ルネッサンス）を出版。読んだ皆さんから、「泣かずには読めない」と言っていただき、皆さんに泣いていただいた分、私の悲しみも、少しは薄れた気持ちになりました。

娘バル（・マルチニ・ヴァルキリア）はイタリア系ブラジル人です。留学生として来日後、縁あって私と養子縁組。その5年後には日本国籍を取得し、日本人佐々木マルチニ秋が誕生。日本に永住したいというバルの望みはかなえられ、私も思いがけなく娘という家族を得ることができました。

バルは勤めながら、好きな歌や旅行を楽しんでもいましたが、２００４年11月に乳がんが見つかり、翌年1月に手術。２０１１

年9月、肺に転移。以後入院まで抗がん剤投与のつらい日々が続きました。2016年5月26日、高熱と腹部の痛みで入院しましたが、治療の術なし、ということで6月14日には緩和ケア病棟に移ります。そして10月18日永眠。私と娘の生活は26年7か月でした。

2冊目のブログ出版

娘が亡くなってから7年経ちました。2017年に出版した闘病記もブログの書籍化でしたが、その後も、「むなしい日々」や「心の中の娘とともに」というタイトルのもとに、娘のことや、日常のことなどを、ブログとして書き続けてきました。そして、2023年3月、私は80歳を迎えました。

80歳に近づいた頃から、なんとなく人生も終盤に入った感がありましたが、実際に80年生きたことを思うと、言葉には言い表せない感情に襲われることがあります。

そのようなところに、闘病記やブログを読んでくださった幻冬舎ルネッサンスの編集者松枝ことみさんから、ブログ出版の提案がありました。私は今の自分の気持ちを整理するためにも、いい機会かもしれないと思い、出版することにしました。

1冊目の闘病記を出版した動機は、娘と私の「生きた証」(本として出版されれば、国立国会図書館法により、国内で発行された全ての出版物は国会図書館に納入する義務があるので、永久に残る)を残すことでした。

今回の2冊目もそれは同じですが、内容は、1冊目は娘の人生をたどり、2冊目は、80歳の今日までの私の人生をたどったものとも言えます。それを踏まえて、私の出自に関する一篇も書き加えました。いわば、2冊で、国籍も育ちも生き方も異なる一組の親子が懸命に生きたという証の物語完成、というところでしょうか。

1冊目は闘病記でしたが、今回はエッセイ集で、セミやクモやミミズから、ふるさとの思い出、日常のことなど、多岐にわたる内容となっておりますので、読んでくださる皆様に楽しんでいただけましたなら、書き手としてとても嬉しく思います。

目次

2019

2020

2021

2022

2023

2017

タイトルカバーのバラの花

花屋さんから花が届きました。その花束を見て「おや？」と私が思ったと同時に「このバラはお客様から色を指定されたものです」、と届けた店員さんが言いました。そうなのです。『ホーザ　ブラジルからのおくりもの　日本でがんと闘ったバルの記録』のタイトルカバーのバラが花束となって届いたのです。カードには「心よりお悔やみ申し上げます。明るい笑顔のバルさんを思い出に」と書かれていました。

贈り主二人の名前の一人には覚えがありました。娘の知り合いで、ブラジルに駐在していた方の奥様の一人です。私は娘から詳しい話は聞いていませんでしたので、娘が亡くなったときに連絡もできませんでした。今回娘と私の本が出たことで娘の死を知ったようです。さっそく送り状に記載されていた電話番号にかけてみました。その方の話では、もう一人の方はブラジルで娘がポルトガル語を教えていたときの生徒だったそうです。娘が日本に来てからは、神戸のUCCコーヒー博物館で働いていたときに一度会ったことがあるそうです。そのときのバルの嬉しさが伝わってきそうな気がしました。遠い国ブラジルでのバルを知っている、そしてこれからも忘れることがないと言ってくださる方々。娘バルも感謝していると思います。

その翌日には、以前わが家で近所の女性たちと、月に一度の麻雀をしていた頃のメンバーの一人が、ユリの花を抱えて来宅。久しぶりに会った彼女もすでに退職し、今は週3回のみ仕事に行っているそうです。

今日もたくさんの花に囲まれて、娘の遺影の笑顔がいちだんと増したような気がします。

『ホーザ　ブラジルからのおくりもの　日本でがんと闘ったバルの記録』が出版さ

れてひと月になります。

先日は、娘が日本に留学できるよう、骨を折ってくださった元駐在員の方からお手紙を頂きました。そこには、日本留学に至るまでの経過が書かれていました。

その方は、駐在員の集いの場でバルを知り、バルから日本語と日本の歌に興味があるということを聞き、日本へ送る道を模索し始めたそうです。

日系人の子弟には日本への留学の道が開かれていたので、そのルートに乗せることができれば、バルの日本留学の夢もかなえられるのではないかということにたどり着き、イタリア系のバルを日系社会にどのようにアピールしていくか、その第一歩が日本語弁論大会でした。入賞はしなかったけれども、日系新聞に記事が大きく出たおかげで、バルは日系社会に知られるようになったそうです。そしてそれが留学への道につながったということです。

ブラジルの一人の娘バルの「日本に行きたい」という希望をかなえるために、何人もの人の助けがあったことを知りました。ここにも、いいときにいい人たちにめぐり合える幸せを持った娘がいたのです。

２０１７年11月18日

2018

くるみ餅と団子の木

正月は冥途の旅の一里塚　めでたくもありめでたくもなし　（一休宗純）

今年の賀状のことばです。初めてこのことばを実感しました。

今年75歳。間もなく老人医療制度の、後期高齢者という枠に追い込まれます。年金が増えないのに、これ以上医療費の負担が増えるのは納得いかないのですが……。

せめて今日は憂さを忘れてお正月らしく、故郷のお正月に欠かせないくるみ餅の話をしましょう。

くるみ餅

昨年暮れに、妹が東北自動車道の長者原サービスエリアで、お土産に「くるみ餅」を買ってきました。幼い頃から慣れ親しんだ懐かしい味がしました。ものの心ついた頃から、お正月が楽しみだった一つにはこの「くるみ餅」がありました。

家の裏に小川があり、その川端にクルミの木がありました。クルミの外皮（仮果）が黄色くなってくると木から落として庭の片隅に土をかぶせて放置しておきます。どのぐらいの期間かは覚えていませんが、外皮はほとんど形がなくなっており、それを洗ってクルミ（核果）だけにして乾かして保存しておきます。

お正月やお盆には必ずくるみ餅を作ります。保存しておいたクルミを木の台にのせて金づちで割ります。割れた固い殻の破片と実が混じっているので、そこから実だけを選んで取り出すのはとても根気のいる作業であり、私たち子供の仕事でもありました。

実だけになったものをすり鉢で最初はつぶして細かくします。それから20分ぐらいすりますが、途中少しずつお茶を入れてのばして、それに醤油と砂糖で味付けし、最後にとろりとしたら出来上がりです。これに、一度焼いてからお湯に通した餅を入れて食べます。すっている間にも、私は我慢できずにすり鉢に指を入れて舐めてみて、母に何度も叱られたことを覚えています。

今回お土産に頂いた「くるみ餅」の餡は、母の作るものと比べるとクルミ独特のアクが弱い気がしました。クルミの違いからくるものかと思います。

「くるみ餅」の話を東京育ちの友達に話しましたら「どこでも売っているじゃない」と言われ、詳しく話してもらいましたら、クルミが入っているお菓子の餅だったのです。私の「くるみ餅」も、友達がイメージするまでは少し時間がかかりました。それで私は、もしかしたら、岩手の一部の地方だけのものなのかもしれない、と思い、ネットで調べてみました。すると、やはり岩手県の気仙地方だけのものと分かりました。今回お土産にもらうまで、実家以外では食べたことがなかったのも納得できます。それにしても75年生きてきて、気がつかなかったことにも驚きですが、気がついた今は、作ってくれる母がいないことに寂しい気持ちにもなりました。

娘バルも私と一緒に何度も大船渡でお正月を過ごし、くるみ餅を食べました。今日は15回目の月命日です。入院時に病室で使った小さなすり鉢があるので、クルミの実が手に入ったらわが家で作ってみます。バルも楽しみにしていてね。

団子の木

くるみ餅でお正月を思い出してから、小正月も楽しかったことを思い出しました。お正月が過ぎても、私たち子供には楽しみが残っていました。それはすぐあとにやってくる小正月です。

前の日に、祖父が山から数本の団子の木（ミズキ）の1mを超す大きな枝を数本切り取ってきます。この木の小枝はかぎのように曲がっていて、子供の頃はこの小枝で引っ張り合いをして遊んだものです。

祖母と母が紅白の団子をたくさん作ります。それを子供たちも一緒に団子の木の小枝に刺して飾りつけます。出来上がったら、それを台所や座敷の四隅に飾ります。団子の木いっぱいに紅白の団子が付けられると、花が咲いたように華やかな感じがします。東北の真冬です。緑も花もほとんど見かけない中で、家中に咲く団子の花は、私たち子供にとってはそれだけで心が躍ったものです。そして団子が硬くなる頃には木から団子を取り外します。それをいろりの灰の中で焼いて食べる、臼で砕いて砂糖と一緒に煮て食べるなど、子供の楽しみは団子がなくなるまで続きます。
父、祖父、祖母、母、弟、娘、と亡くなり、共通の思い出を語る相手は妹だけになりました。

2018年1月18日

母を探す娘の原点

「人間関係の悩みの原因のすべては幼少時からの親子関係からきています」

厳しい家に育った人が、
優しさや温もりを求めて
愛に餓えた自分の心を埋めるがごとく、
一生懸命に
自分を愛し

自分を承認し
自分を受け入れてくれる「人」を探します。

親子関係に関する文を拾い読みしていて、上記を目にしたときに、娘バルの私という「母」への「思い」がより理解できたような気がしました。

普通ならすれ違って当たり前の出会いなのに、目には見えない何かを頼りに、私のところまでたどり着き、必死に訴えたバル。あのとき私が受け入れなかったなら、と思うだけでも涙が止まらなくなります。

闘病記『ホーザ　ブラジルからのおくりもの　日本でがんと闘ったバルの記録』に、私とバルの親子関係を書いた「母と娘」という一文が載っています。誰もが認めるバルの、私という母への思いはどこからきているのかを、少しでも理解したいと思い書いた一文です。

「母と娘」を書いてから半年を経て、最近上記の文を目にし、ここらあたりがバル自身も気づかないままに行動していた「母」を探す原点だったのかもしれない、と思いました。

近況あれこれ

Kちゃん一年生終業

3月末に二度ほど、学校帰りのKちゃんを、わが家で預かりました。姪（Kちゃんの母）が保護者会等の用事で在宅できなかったからです。

わが家に来ると、Kちゃんは宿題を済ませます。算数と国語です。国語の音読を聞いていると、教科書の中身は私たちの頃とは異なって、ほとんど短い物語風になっているようです。聞いていて、大人にもその面白みが伝わってきます。「面白いね」と言うと、Kちゃんは張り切って読んでくれます。算数はまだ足し算と引き算だけですが、問題の出し方に工夫があるのか、私にも「?」と思うことがあり、一年生の勉強と侮れない感じがしました。

算数といえば、私の小学生の頃の通信簿に「計算が速く、そしてよく的を外します」と書いてあったのを思い出します。国語は「分かっていても手を上げません」でしたし、音楽は「恥ずかしがって歌おうとしません」でした。Kちゃんは活発な小学生だけど、私はおとなしかったのかなあ……。

宿題が終わると、お医者さんの問診ごっこです。向き合う位置に椅子を二つ用意し、パソコンに近い椅子にはお医者さん役のKちゃんが座ります。患者役の私にいろいろ質問し、その都度パソコンに向かって入力するしぐさをするのです。医院に行くたびに覚えてくるのでしょうか、問診もベテラン医者並みです。以前は娘バルが相手でしたが、今は私です。7歳と75歳の遊びです。

Kちゃんの幼稚園入園の日は、霙の降る寒い日で、バルが心配していました。あれからもう3年が過ぎ、今月からKちゃんは小学二年生です。

２０１８年4月18日

娘の撮った写真

5月に入ってから、私は、娘の携帯やタブレット端末に入ったままの、娘が撮った写真を、ＵＳＢメモリーに移す作業をしていました。

娘の写真の中で多いのが花の写真です。家の中で年中活けていた花はもちろん、ベランダの鉢植えの花や植物、街路の花や公園の花や木々。テレビやタブレット端末の動画の花に至るまで、たくさん写していました。花の最後は2年前の4月末。上田市の鹿教湯《かけゆ》温泉で宿の周囲を散歩したときに写したものです。濃いピンクの桜の花や、名も知らぬ真っ白い花、八重の椿、山吹、私も初めて目にする様々な花が、2年前に、バルと一緒に見たままに浮かび上がってきました。

次に多いのは料理の写真です。家での朝晩の食事の内容がよく分かります。それから外食の写真も多く残していました。食事療法を始めてから亡くなるまでの5年余りは、食べるものに対して、より興味を持っていたのが分かります。それから近所に住んでいる姪の子供Kちゃんの写真。家に来ると、娘はよくKちゃんの遊び相手をしていましたから、写真も多いのです。

月の写真もありました。外出からの帰りに写した満月の写真や、鹿教湯温泉で撮った写真など。鹿教湯温泉での宿からの月は、時刻を確認すると、夜中の12時近い頃に写しているのです。私の眠っている間に、バルは起きて月を眺めていたのですね。

私の知らないときに、娘は自分の体の異常を感じた部分をも写していました。抗がん剤治療の日には、か細い腕の針の痕。水がたまったことによる足の腫れ。湿疹で赤く腫れた顔。

涙さえ浮かべている、自分本来の顔ではなくなっている顔を写しながら、娘は一人で何を思っていたのでしょうか。涙を浮かべながらも、お気に入りのぬいぐるみと一緒に写っている写真もあり、バルらしいとも思いました。

もっともっと娘と語り合えば良かった、抱きしめてあげれば良かった……。USBメモリーに移し終えるまで、後悔と涙の日々が続くことでしょう。

近況あれこれ

ふきのとう

4月から二年生になった姪の子供Kちゃん。近くに住んでいるので最近学校帰りにわが家に来て、夕方姪が迎えに来るまでを過ごすことが増えました。

この前国語の「音読」について書きましたが、その後わが家で宿題をしていたときに、Kちゃんが音読したのが「ふきのとう」という短文でした。読み終わってから、「Kちゃん、ふきのとうを知っている？」と聞くと、知らないと言うので、私はネットでふきのとうの写真を見せました。それから冷蔵庫に保管しておいた、酒の肴用のふきのとうの塩漬け（京都土井志ば漬本舗製造）を出し、Kちゃんに味わってもらいました。おそるおそる口にしたKちゃんは「しょっぱーい、にがーい、にがーい。でも好きになりそう！」と言いました。酒飲みの素質あり。Kちゃんと一緒に一杯飲める日まで生きていられるかなあ……。

２０１8年5月5日

母の日のバラ

娘バルが亡くなったのは２０１６年の10月です。この年の母の日にも、例年通り、プレゼントのバラの花をもらいました。

そのときに娘からもらったバラの花は、枯れたまま、まだ玄関に飾ってあります。それを、母の日が近づくと、娘の遺影のそばに移し、カードとともに置きます。カードには「ママエへ　今日は母の日！　おめでとうございます！　いつも色々とお世話になりっぱなしで　本当にありがとう。バル」と書かれています。読んでいると、娘がそばにいるかのような錯覚に陥ります。

今年の母の日が近づいたある日、看護師の茜ちゃんが旦那様と訪れ、たくさんの深紅のバラを「お母さんに」と、下さいました。彼女は、娘が入院していたときに、私と交替で何度も病室に泊まって、娘を見守ってくれた人です。さっそく大きな花器にバラを活け、遺影の前に置きました。3年前にバルからもらったバラと、今年茜ちゃんからもらったバラが並んでいます……。

3年前の5月25日、ブログを更新し、「お茶でも飲もうか」、と娘に言ったら「お母さん、熱があるみたい」と娘。そして眠れぬまま一夜を明かした娘は翌日入院。10月には、娘は帰らぬ人となりました。

3年前と同じように「バル、お茶でも飲もうか」と、遺影に呼びかけてみました。

お見舞い

認知症でホームに入居している友人のお見舞いに行き始めてから、ちょうど1年になります。今週行ったときには、部屋ではなく、リビングルーム兼食堂の方にいました。一人ぽつんと車椅子に座っている、友人の後ろ姿を目にしたときには、寂しさというか、悲しさというか、なんとも言えない気持ちに襲われました。名前を呼んで顔を合わせると、彼女は少し笑顔を見せました。

ぽつり、ぽつりと話をしているうちに、お茶の時間になり、他の入居者も顔を見せました。いつも友人と同じテーブルに座る女性が私を見て「いいお友達がいていいわね」と言いました。その女性は、私を見るといつもそう言ってくれるのです。私の友人は「私の友達」と言って笑顔になりました。私は、この笑顔を見るためにお見舞いに行っていることを、あらためて感じました。笑顔だけが私の知っている健康なときの彼女そのものなのです。この1年の間には笑顔のまったくない日もあり、そのような日には心の重いままで帰っていました。

帰り際、「帰らないで、嫌だ、私も帰る。帰りたい、どうすればいいの?」と、怒りと悲しみをおりまぜたような顔つきで私に訴える彼女を、振りきってホームを後にしたのですが、自分を鬼のように思えて、笑顔を見ることができた日だというのに、この日も帰り道は気が重かったのです。

近況あれこれ

アレイ（array）図

小学二年生のKちゃんが学校帰りにわが家に寄る日は、まず宿題から始まります。最近掛け算の九九を習い始めたそうで、九九の暗唱をしています。最初は五の段からでした。私たちの頃は一の段から始めたような気がしますが、今は五の段から始めるのは、姪（Kちゃんの母）の話では、覚えやすいからなのだそうです。

ある日、いつものように算数の宿題をしていたときに、「掛け算で分からなくなったときには、アレイ図を書いてみなさい、と先生が教えてくれたから、書いてみるね」とKちゃん。「？・？・？・？　そんなの習わなかったよね」とそばにいた私と妹は、顔を見合わせる。私の妹（Kちゃんの祖母）は数学大好きで、今でも趣味は数字のパズルゲームで、毎日のように脳トレを兼ねて楽しんでいるのです。私も数学は好きでしたので、妹も私も、小学校で習ったことで知らないことがあったなどとは驚きの驚きでした。

「大学で、数列のところで習った気がする……」と理系出身の姪。すぐスマホで調べて確認し、一件落着。Kちゃんにとってのアレイ図は、数字を図にして同じものを縦横に規則正しく並べてみることでした。

Kちゃんのおかげで、私も一つ学びました。

２０１８年5月18日

遠きふるさと

4年ぶりに故郷大船渡を訪れました。

今回新幹線を利用。初めて大船渡線が気仙沼までしか通っていないことの不便さを味わいました。震災前は、一ノ関で大船渡線に乗り換えれば、眠っていても終点盛駅まで運んでもらったものですが、今は気仙沼で下車、バスに乗り換えるのです。バスでは1時間20分余りを、揺れるので、座席にしがみついているだけです。車中での読書の楽しみの時間が減ったことと、海辺を走っても、どこの町の海も、高い防波堤に囲まれていて見えないので、景色も楽しめなくなりました。

今回の用事は、小学校の同級生の喜寿祝いでした。小学一年生のときには同級生が一〇二名でしたが、あれから69年経ち、今回参加したのは四十名。亡くなった人、病気中の人、いつも参加しない人……などを除けば、四十名参加はいい方だと思いました。4年前の同級会のときより、背中が丸くなってきた人も増え、話も、健康に関することがほとんどで、降圧剤を服用している人が多いことには驚きました。

今回の参加は、私にはもう一つの用事がありました。それは、昨年出版した娘バルの闘病記を、皆さんに読んでいただきたいという思いです。

以前、ブログに以下のようなことを書きました。

「……私の故郷大船渡に隣接する町出身の演歌歌手がいます。彼がデビューしたての頃、母親が風呂敷包みを背負ってレコードを売り歩いている、という話が広まったのを聞いた覚えがあります。彼のお母さんは、何とか1枚でもレコードが売れて欲しい、との親心で売り歩いたに違いありません。私も子の親として、彼のお母さんのような気概があればいいのですが、そこまで踏み切れないでいる自分のふがいなさにいら立ってもいるこの頃です。」

最近、少し、その歌手の母親に近づこうという気持ちが湧いてきました。そこで、今回はリュックで本を背負っていきました。

無事喜寿の会も終わり、翌日、帰りのバスの時刻までの1時間を、同級生の車での案内で、大船渡の復興の様子を見て回りました。私の知っている大船渡の町は消えてしまい、見知らぬ風景が広がっていました。

帰りは、リュックは軽くなったものの、私の気持ちは決して軽いものではなく、あれこれ思いをめぐらせているうちに一ノ関に到着。新幹線に乗り換える時間が数分だったので「三陸海の子」という駅弁を買い、飛び乗りました。ウニ、ホタテ、イクラが美味しかった。新幹線の中で、本を読もうとしたのですが、集中できないので目を閉じたら、先刻見て回った大船渡の町が、西部劇に出てくる荒涼とした町と、ダブって見えたのです……。

近況あれこれ

山桃

２０１６年の１月頃まで、朝の散歩が続いていました。その後、私の腰痛、娘の入院と死で散歩どころではなくなり、ようやく昨年６月頃から散歩再開。夜眠れないこともあって、朝早い時間には起きられないので、午後の散歩になりました。

昨日、いつもの散歩道である近くの公園に行きましたら、山桃の実が生っているのに気がつきました。娘が亡くなる1年前のこの季節に、娘と一緒に来て収穫して、「美味しい」と言っていたことを思い出し、娘の遺影の前に供えたいと思いました。でも、山桃の木のそばは工事中で、人が何人もいるので採るのは気が引けました。

翌日、5時半に目が覚め、いつもは起きられずに床の中でぐずぐずしているのですが、なぜか起きられたのです。せっかくなので昨日見た山桃の実を採りに行こうと思い立ち、早朝散歩に出ました。そして無事少しだけ手に入れて帰りました。「バル、今朝はママエを起こしてくれてありがとう。山桃の実を見たかったのでしょう?」と遺影に話しかけました。すると、遺影の微笑みが増したような気がしました。

2018年6月17日

本こ読み

いつも本ばかり読んでいる私に、母がつけたニックネームが「本こ読み」でした。私の趣味の筆頭に挙げたのが読書でしたが、その後、いつ頃から本を読むのが好きになったのだろうか、と考えてみました。

物心がつく頃からの記憶をたどってみますと、まず祖父重四郎の、新聞を読んでいる姿が浮かんできます。字を覚えてから、少しずつ私も新聞を読むようになりました。そして中学生の頃には新聞連載の小説を楽しみにするようになったのです。大人の世界が広がる物語を、毎日どきどきしながら読んでいました。

祖父は晩年になっても本を読んでいました。自分で買うことはなく、私が高校生のときに揃えた河出書房の世界文学全集を読んでいました。あるとき、夏休みで東京から帰省した私に、「今読んでいる本は、名前がこんがらかって進まない」と祖父が言いました。ドストエフスキーの『罪と罰』でした。

母が、東京で働いている、会ったこともない父のもとに嫁いだときに、父の部屋には雑誌が積み重なっていたそうです。父は、夜店で古本屋をめぐるのが好きだったと母から聞いたことがあります。

祖父、父、と本好きの肉親がいて、いつも読んでいる姿を見て育ったことが、私の「読書」の習慣を、しっかり身に付けさせたのではないかと思います。

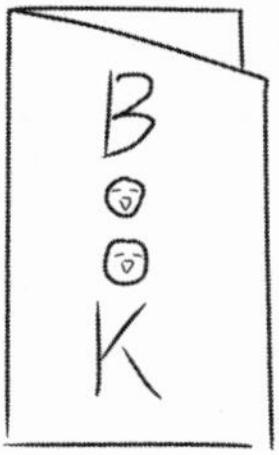

私には妹と弟がいますが、どちらもやはり本好きです。ある時期、故郷の町の本屋さんで、よく買う個人のお客は佐々木の本家と分家の二人、と聞いたことがあります。本家は弟、分家は叔父（父の従妹の夫）です。この叔父は、海軍に所属していたことがあり、求める本も軍関係が多かったようです。津波で流されてしまいましたが、今残っていたとしたら、コレクションとしてそれなりの価値があったと思います。東京のわが家は狭いので、生家に置いてもらっていた私の本も、弟の本も、そして弟も、２０１１年の災害で失われてしまいました。

子供が本を読まない、と悩んでいる親がいるとよく聞きます。「親の背を見て子は育つ」ということわざがあるくらいですから、親が読めば、子供は興味を持つと思うのですが、親自身読まなくなっているのかもしれません。それに、私たちの育った時代とは異なって、今の世は、本よりも子供の興味を引くものがあり過ぎて、本を読むことまでには至らないのかもしれませんね。

本の世界を知らないで一生を終えるなんて、私には想像もつきませんが。

２０１８年7月14日

セミの天敵

毎日暑さが続いているので、外出もおっくうになります。それでも今日は、図書館から予約した本が届いているとの連絡がありましたし、生協（店）へ買い物にも行かなければと思い、午後4時過ぎに出かけました。

外に出たとたん、熱風に包まれました。一昨日から、冷房の効いた部屋に閉じこもったままだった私の身体には、かなりの暑さが感じられました。図書館への道を歩いていると、途中の小さな砂場で、子供たちがしゃがんで何かを見ているのに出会いました。私も後ろから覗いてみますと、子供たちが集めてきたのか、砂地にセミの死骸が10匹ぐらい並んでいました。そこから図書館までの歩道にも、あちこちにセミの死骸が落ちているのを見かけました。

結局、図書館と買い物に寄って帰宅するまでの、1・5㎞ぐらいを歩いて、子供たちが集めたぶんを除いても、20匹を越えるセミの死骸を目にしたのです。こんなことは初めての経験でした。

私は、「セミは夏に出てくるけど、もしかしたら暑さに弱いのかな？」と思い、帰宅するとすぐネットで調べてみました。当たりでした。セミが乾燥と暑さに弱いことを初めて知りました。先ほどエレベーターで一緒になった近所のオジサンは、「こんなに暑い夏は初めてだ」と言っていましたし、私も今年の夏の暑さにはとてもがまんができなくて、外出を控えていましたが、それは、「年のせい」だと思っていました。が、そうではなく、やはり今年は例年に比べて暑さが厳しいのですね。ですから、セミも耐えられなくて、地上での短い命（ひと月ぐらい）をさらに短くしていたのでしょう。

セミで思い出したことがあります。今は昔、訪中団の一員として中国に初めて行ったときに、中国で最も歴史の古い都市の一つといわれている、河南省開封市にも行きました。市の郊外をバスで通ったときに、道端の木々の間に子供たちが群がっているのが見えましたので、「何をしているの」と通訳に聞いてみたところ、セミを獲っている、とのことでした。食料にするために、穴から出たばかりのセミ（幼虫）を捕獲し、油で揚げて食べるのだそうです。美味しいとのことでした。それを聞いて、私を含めてほとんどの日本人は驚きの声を上げました。あとで知ったことですが、中国以外でもセミを食べる習慣はあるそうですし、もしかしたら、私が知らないだけで、日本でも食べている地方があるかもしれません。

セミの天敵は鳥やモグラやアリ、人間などだそうですが、一度にたくさんの命が失われることでは、「夏の暑さ」がいちばんではないのかな、と思いました。

それにしてもこの暑さ、セミの本来持っている寿命をまっとうするためにも、早く過ぎ去ってもらいたいものです。

近況あれこれ

Kちゃんから本を借りる

暑くて家から出ない日が続いたある日、朝目が覚めたら体のあちこちが、こわばっているような感じがしました。これはいけない、動けなくなっては大変と、あわてて起き上がり、そのまま着替えて散歩に出ました。

その日の午後、姪の子供Kちゃんが、わが家に遊びに来て、面白い本があるから貸してくれる、というのです。『わけあって絶滅しました。』（今泉忠明監修、丸山貴史著／ダイヤモンド社）という図鑑です。「これを読んだら『ざんねんないきもの事典』（今泉忠明監修／高橋書店）も面白いから貸してあげる」とKちゃんは言いました。小学二年生になったばかりのKちゃんから、本を借りて読むとは、まったく予想外のことでした。

２０１８年8月11日

物の整理は人生の整理

昨年から1年以上もかけて、写真だけはやっと整理が終わりました。私の写真はほとんど捨てたのですが、娘の写真は量が多く、半分近くは処分しても、残った2000枚ほどを、どのような形で保存するのかを試行錯誤しながらの整理でした。結局、アルバムに保存する写真と、年代ごとに透明なチャック付き整理パックに入れたまま保存する写真とに分けました。

写真を整理する過程で浮かんできたことは、娘の闘病記『ホーザ　ブラジルからのおくりもの　日本でがんと闘ったバルの記録』に収納した娘の写真20枚が残っているので、それだけでも十分ではないか、という思いでした。娘を来日当時から知っている、ホームステイ先でお手伝いをしていた方は「本を開けばいつでもキリちゃんに会える」と言ってくれました。ホームステイ先では娘の名前のヴァルキリアから「キリちゃん」と呼ばれていたそうです。私も本の中の笑顔の娘だけを見続けていれば、緩和ケア病棟での日々の記憶が少しでも和らぐのではないか、とも思ったのです。でも、やはり今すべての写真を処分する決心がつきませんでしたので、これから時間をかけて考えてみようと思います。

その他の片付けは、「物」の整理です。自分の残された時間を10年として、それまでにできるだけ「物」を整理（処分）し、風呂敷包み一つで旅立つという私の理想に近づけたいのです。

最後まで残るのは家具類だと思いますが、これは甥や姪が引き取ってくれそうです。テーブルや椅子を含め、洋服ダンスや食器棚、整理棚やテレビ台も、義弟（甥・姪の父）の会社に頼んで、材料の木の種類から厳選して、部屋に合わせて注文して作ってもらったものですから、義弟亡き今、わが家の家具類は甥や姪にとって、いわばすべて父親の遺作なのです。

今日は、姪にダイニングテーブルの上塗りをしてもらいます。テーブルは松材ですが、表面が傷ついてきたので、蜜蝋で表面を保護してもらい、これからの長い使用に耐えてもらうようにします。

姪に、「私の最後は、このテーブルの上に風呂敷包み一つを置いておくからね」

と言うと、姪は「じゃあ、それを私が管理すればいいのね」と返答。それを聞いて、おや、捨てないで持っていてくれるのね、とちょっと驚きもしましたが、嬉しくも思いました。

でも、姪が帰ったあと、死にゆく人間が、風呂敷包みに残すものなどあるのだろうか、とあれこれ考えてみました。写真や、ブログやその他の文書等を保存したUSBメモリーが3個。私の最後の後始末代と、娘と私の遺骨を一緒に入れてもらう共同墓地経費。娘の来日時のパスポート。今のところ思いついたのはこの3つだけです。となるとハンカチで包んだだけでも済みそうです。

それにしても、定年になるまで仕事をし、働いて得たお金で人生を楽しみもし、必要なものを買い揃え、やっと迎えた定年。その後の人生をまだそれほど過ごしてはいないというのに、今度はこれまでの人生で揃えた、思い出のこもった物を処分していく……。

物の整理（処分）は人生の整理なのだ、と思いながら片付けの日々を送っています。

近況あれこれ

暑い夏、ミミズはどこ？

セミの鳴き声がぱたりとやんだと思ったら、虫の音が聞こえてくるようになりました。今年の夏は暑くて、セミやカブトムシには大変な年だったなあ、と思いました。そういえば、毎年夏に道で干涸びていたミミズの姿を、今年はあまり見かけなかったことも不思議に思いました。きっとあまりにも暑すぎて、土の中まで高温で、地上に出る前に死んでしまったのかもしれない。そう思うことにしました。

２０１８年10月６日

娘のいない日々

娘が亡くなってから2年。早いものです。

最初の頃は、失った事実の重さに押しつぶされそうな日々でした。娘の遺影に向かって語りかけ、泣いてしまう毎日が続きました。娘の部屋はまだ娘が暮らしていたままにしています。その娘の部屋の、娘のベッドに娘がいて、「ママエ、ありがとう」「ママエおやすみなさい」……、と言ってくれた日々がもう戻ってこないなんて、私は認めたくなかった。自分は、この現実から立ち上がれるのだろうか、とも思いました。

亡くなって1年目の昨年の祥月命日には、闘病記『ホーザ　ブラジルからのおくりもの　日本でがんと闘ったバルの記録』を出版。出版までの日々は、悲しみの日々から、少しは遠ざけてもくれました。それでも、娘を思って泣かない日はありませんでした。

親として、娘を守り切れずに先に死なせてしまったことへの、自分自身の心の負担が軽くなる日は、自分が生きている限りは、決して訪れることはないだろうと思っています。

二度目の祥月命日の今日、朝いちばんに「祥月命日、マルちゃんによろしくお伝えください」というメールを茜ちゃんから頂きました。また、丸の内の職場の近くのブティックで知り合った娘の友達の一人からは、白いバラの花が贈られてきました。事前に電話を頂いたときに「マルチニさんともう少しお付き合いしたかったのですが、いつもお友達と一緒だったので遠慮しました」と言っていました。この方はおとなしい感じの人ですので、その気持ちがよく分かります。娘がこの方の気持ちを知っていたなら、喜んでお付き合いをしたことでしょう……。

そして、昼は、カンツオーネの会の友達と、近くのイタリアンレストランで、娘を偲んでワインでひと時を過ごしました。レストランから戻り郵便箱を開けると、以前娘に聖書の手ほどきをしてくれた方の、ご両親からのお便りが届いており、亡くなる1年前に娘と私が遊びに行ったときの思い出が綴ってありました。

私の心の中ばかりではなく、皆さんの心の中にも、バルが存在していることを、とても嬉しく思いました。

近況あれこれ

つゆ草

鳥が種を運んできたのか、いつの間にかベランダの花の鉢に、故郷でとんぼ草と呼ばれていたつゆ草が数本育ち、小さなブルーの花を咲かせています。

ある時期から、体力が落ちて散歩に行きたくとも行けなくなった娘に、私は野の花を手折ったり、木の実を拾ったりしてきて、季節の変化を味わってもらっていました。つゆ草もよく手折ってきて、陶器の楊枝入れに挿して、花が閉じるまでの僅かな時間を楽しんでいました。

そのつゆ草が、娘のいないわが家のベランダに育ち、娘の目の色を思い出させるブルーの花を毎朝咲かせています。

２０１８年10月18日

ヒマラヤスギの災難

９月末のある夜、台風で朝の３時頃まで眠ることができませんでした。８階までは、雨の音は聞こえませんが、風が強く、うなるような音が怖くて眠ることができなかったのです。こんなに強く感じた台風は、初めてです。

翌朝は、台風一過で気持ち良く、いつもの公園に散歩に出かけ、公園の中に入って驚きました。銀杏とどんぐりで足の踏み場もないほどです。銀杏拾いの人も何人かいましたが、とても拾い尽くせるものではありません。それに、道は木々の枝や葉っぱで、歩くのもままならないほどでした。それでも何とか一周してみるとさらにびっくり。公園のいちばん大きなヒマラヤスギが３本も根こそぎやられ、公園内の道を塞いでいたのです。

ヒマラヤスギは私の両腕ではとてもまわらないほど幹が太く、高い木です。この地に住んで40年以上になりますが、その間、散歩に行くたびにこの木の下を通っていました。あまりにも高いので、木全体を眺めることもありませんでしたので、実（球果）が生っていることなど気がつきませんでした。今回倒れていた木の葉の間から、実が生っているのが見えたときには感動しました。円錐形で松ぼっくりとよく似た、アボカドより少し大きめぐらいの実です。娘に見せようと思い、いくつか拾って帰りました。

翌日の朝の散歩で、銀杏やどんぐり、木の枝や葉も片付けられて、散歩道は元通りになっていました。そして倒れたヒマラヤスギは２ｍぐらいの丸太になり、積み重なっていました。翌々日にはどこへ運ばれたのか丸太の跡形もなく、公園はいつもと変わらない姿で、散歩の私を迎えてくれました。

ヒマラヤスギの実だけが、わが家の娘の遺影の前に置いてあり、台風があったことを思い出させてくれます。

近況あれこれ

豆台風

先日、呼び鈴が鳴ったのでインターフォンに出てみると、「Kちゃん」という声が返ってきました。

ドアを開けると、姪の子供Kちゃんとその友達三人の顔が並んでいました。「あのね、遊んでいたら雨が降ってきたの。いちばん近いのがここだから来たの」とKちゃん。

とにかく上がってもらいました。それから姪に電話をし、傘を数本持って迎えに来るように伝えました。姪が迎えに来るまでの間、狭いわが家に、ひと時もじっとしていない子供の動きと、かん高い声があふれました。そして姪が迎えに来て、子供たちが無事帰って行ったあと、後片付けをしながら、まるで台風のようだ、と思いました。子供好きのバルがいたなら、どんなにか喜んだことか……。

２０１８年11月３日

君死にたまふことなかれ

朝の散歩で、ただ歩くだけでは５㎞の道のりは長く感じて、途中で引き返す気持ちになるときもあります。それを防ぐためにいろいろ考えました。そして最近実行しているのが、中学校や高校で習った詩を思い出し暗唱することです。

公園の道の最初の1周は、娘バルとの心の中での会話です。そして2周目からは詩の暗唱です。これまで覚えていた詩の中から、宮沢賢治の『雨ニモマケズ』、島崎藤村の『千曲川旅情の歌』『初恋』、佐藤春夫の『海辺の恋』『少年の日』、高村光太郎の『レモン哀歌』『あどけない話』『道程』、北原白秋『落葉松』などを暗唱しながら散歩すると、時間の過ぎるのが早く、あっという間に散歩が終わっています。

今週からは、新たに与謝野晶子の『君死にたまふことなかれ』を加えました。この詩は、最初の1連と2連は覚えているのですが、その続きはうろ覚えでした。ネットで調べてメモし、散歩用の衣服のポケットに入れて、散歩のときにそれを見ながら暗記します。今日で5連のうちの4連まで暗記しました。ところが、

暖簾のかげに伏して泣く
あえかにわかき新妻を、
君わするるや、思へるや、
十月も添はでわかれたる
少女《おとめ》ごころを思ひみよ、
この世ひとりの君ならで
あゝまた誰をたのむべき、
君死にたまふことなかれ

という、最後の連がなかなか覚えられないのです。自分にとって、覚えやすい語句と覚えにくい語句があるのかもしれません。

この詩を暗唱していて最初思ったことは、弟への愛を詠んだ詩ということですが、明治時代にこのような、反戦詩ともとらえられる詩を詠んだ晶子は、国家主義や皇室中心主義の人たちの反感や攻撃に遭わなかったのだろうか、ということでした。でも、何度も何度も暗唱しているうちに、反戦詩というよりも、召集され戦地で戦っている弟に、生きて帰ってきてほしい、という晶子の肉親への強い愛を詠んだもので、その愛を表現するために、為政者も天皇も添え物程度にしか思っていなかったのかもしれない、と私は思うようになりました。

与謝野晶子は「歌はまことの心を歌うもの」と言っています。『君死にたまふことなかれ』の「まこと」は、肉親への強い愛と思うのは、私の思い違いでしょうか。

近況あれこれ

入舟マラソン

12月に入りました。今日はこれから本郷の小料理屋「入舟」の皇居一周マラソンに参加の予定です。「入舟」はすでに閉店して何年も経っていますが、店主だった中島さんと常連さんたちとの関係はいまだに続いており、年に何度か集まりも持っています。今年は春の高尾山ハイキングと今回のマラソンです。マラソンといっても、走れない人は歩きで参加します。私も今は歩きです。

生前、娘バルも何度も参加し、皇居の周りを走っています。あるときなど、バルはコースを間違えて、一人で大回りしたこともありました。

今日も、バルはきっと皆さんと一緒に走り、終わったあとのビールを美味しそうに飲むことでしょう。その光景が今から私にははっきりと浮かんでいます。

2018年12月1日

熟《う》んだっこ

柿の出回る季節も過ぎてしまいました。「(有機野菜の) 宅配サービス」では早くからカタログに載っていて、毎週取り寄せていましたが、こちらの柿は硬くて大きくてしっかりした種類のものが多く、皮をむいて硬いままを食べていました。

その後、今年は柿の生り年なのか、あちこちから頂きました。中が黒っぽい色の柿や、まん丸の市販の柿よりはだいぶ小さめの柿などです。その中に少し柔らかい柿があったのを目にして、故郷で「熟んだっこ」と呼んでいた柿のことを思い出しました。

さっそく、そのまま二日ばかり置いて触ってみたら、柿の中身がトロトロの感じで、いい塩梅です。その一つを手に取り、皮に小さな穴を開け、そこに口を付けて、中身をチュウッと吸いました。美味しい、懐かしい味がしました。「熟んだっこ」の味です。すっかり中身を吸い尽くして、皮だけになりました。その皮を捨てるのも惜しくて、二つに割って皮の内側に付いていた僅かな「とろみ」をも嘗め尽くしました。

柿は「熟んだっこ」がいちばん好きだし、美味しいと思いました。故郷大船渡では柿といえば渋柿だけでした。私の家の庭の柿も渋柿でしたので、干し柿にするか、柔らかめの柿は納屋でせいろに藁を敷き、そこに柿を並べて何日か寝かせておき、「熟んだっこ」状態にして食べていました。

今回のカタログで、旬の最後ということなのか、訳ありで特価の柿（2kg1600円）が載っていましたので、「熟んだっこ」にしようと思い、注文しました。「訳あり」は不揃いで、「熟んだっこ」に適した小さめの柿も混じっているに違いない、と勝手に決めて届くのを待ちました。届いてびっくり。「訳あり」は、これまで見たこともない大きな柿ばかりだったのです。自分の勝手な思い込みを笑うしかありません。大きくても、硬くても、とにかく試してみようと思い、空き箱に新聞紙を敷き、一個ずつキッチンペーパーに包み、その上をタオルで覆いました。三週間ぐらいで「熟んだっこ」完成（？）を信じて。

そういえば、娘バルの生前にも、「訳あり」レモンを頼んだら、見たことのない大きなレモンが届いて、二人で大笑いをしたことがありました。「お母さん、また訳ありに外れたの？」という娘の声が聞こえてきました。

時代小説の中にも、江戸時代「熟んだっこ」と同じように柿をある期間寝かせておいて食べる方法があり、食通だけが楽しめた話が載っていましたので、美味しい柿の食べ方としては昔から知る人ぞ知る、だったのですね。

娘バルも「熟んだっこ」が好きでした。緩和ケア病棟に入院していたときにも、妹が柿を持ってきてくれて、翌日少し柔らかくなったのを「食べる？」と聞くとうなずいて、美味しそうに食べていました。2年前のことです……。

近況あれこれ

つゆ草の種子

ベランダに、黒くて小さな粒が数え切れないほどたくさん落ちていました。なんだろうとよく見ますと、つゆ草の種子でした。一つのさやの中にたくさんの種子が詰まっていて、そのさやがはじけて種子が飛び散っていたのです。小さな花からは想像もしなかった種子の量に、必死に次世代へ命をつなごうとする姿をかいま見た思いがしました。来年も咲いてくれますように、と少しだけ残して鉢にばらまいておきました。

娘ともよく眺めたつゆ草が、来年も娘の目の色と似た青い花を咲かせてくれますように。

２０１８年12月15日

常備薬の今と昔

私が子供の頃には、医者にかかることはめったにありませんでした。富山の薬屋さんの、置き薬が常備薬で、医者代わりの役目を負っていたようです。

毎年、柳行李に詰まった薬を大きな風呂敷で背負ってきて、各家の専用の薬箱に、胃薬や風邪薬、傷薬など、使った分だけ補充していきます。私たち子供にとっては薬屋さんが子供に配る小さな紙の風船が楽しみでしたが、大人にとっては一年分の支払いがあるので大変だったと思います。現金収入の少ないわが家では、なるべくこの薬を使わないように、他にもお金のかからない常備薬を工夫していました。

山のふもとにある畑のほとりに、毎年数本のけしの花が咲いていました。花のあとは卵ぐらいの大きさの丸い果実になり、その果実が枯れてきた頃、茎ごと折ってきて、家の日の当たらない縁側の奥にぶら下げておいたものです。果実の中には種子がたくさん入っていて、振ってみるとカサカサと音がしました。この種子は、いわばわが家の常備薬のようなもので、私たち子供がなんとなく体の具合が悪いときなどに食べさせられたように記憶しています。

常備薬にはもう一つあり、こちらは祖父が捕まえてきたマムシを、しばらくは水を入れた瓶の中に入れておいて不要物を吐かせてから、焼酎の瓶の中に入れて座敷の奥の一角にぶら下げてありました。やはりお腹を壊したときなどのため、と聞いてはいましたが、飲んだ記憶はありません。けしの種子は美味しくて私は好きでした。

小中学校の遠足は、春は海、秋は山に決まっていました。特に、中学生になって比較的高い山に登るようになってから、祖父から頼まれたことがありました。高い山の頂上付近には木がなく、大抵原っぱでした。その原っぱの丈の低い植物の中から「トウヤク」と呼んでいた植物を採ってくるように、と頼まれたのです。「トウヤク」は、乾燥させて常備しておき、煎じて飲まされた記憶があります。とても苦いものでした。最近ネットで調べて、「トウヤク」は和名でセンブリのことだと知りました。

そのほかにも、庭の片隅にはドクダミ、井戸の中には赤っぽい茎の貴人草などもありました。ドクダミの若葉はてんぷらにもできますし、乾燥させて煎じると、便秘によく効きました。また、お風呂に入れると体の吹き出物が治りました。貴人草はできもの、特に鼻の具合が悪いときに、火にあぶって柔らかくしてから患部に貼った記憶があります。

庭のイチジクの木の葉をもぎ取ると、白い樹液が出るのですが、その樹液を毎日「いぼ」に塗って、10日ぐらいで消えたこともありました。

植物に詳しかった祖父が、山から採取してきて、庭に植えた薬草も何種類かあったのですが、名前も効能も今は覚えていません。けしの他にも、芍薬も毎年美しい花を咲かせ、道行く人を楽しませていましたが、この花も祖父は常備薬として咲かせていたのでしょうか。

最近来宅するたびに妹が、咳をしているので、「医者に行けば?」と私が言うと、ほぼ1年近く咳は続いていて、医者の薬を何度かもらって服用しても治らないというのです。私はすぐネットで調べてみました。すると、わが家でおなじみ

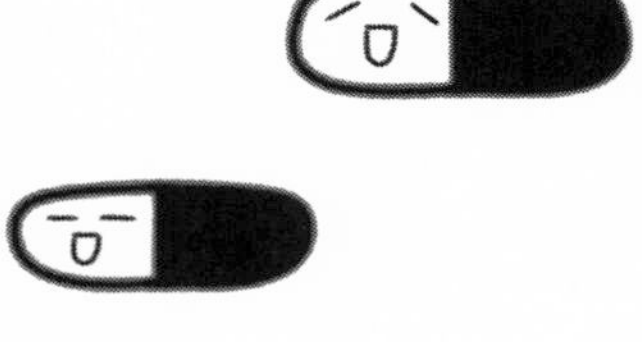

のドクダミも使っている、咳止めの健康食品が見つかりました。その場で注文し、翌日届いて飲んだら即効。以後、妹は咳の常備薬にしているそうです。
医者や薬に頼るのが当たり前の世の中ですが、それで改善しないときに、風邪など軽いものには、昔ながらの療法を試みるのも、一つの方法かなと思いました。最近の「常備薬」は、健康食品が担っているのかもしれない、とふと思いました。

近況あれこれ

今年も終わりですね。娘が亡くなってから2年過ぎました。娘のカンツオーネの会の仲間や、クリスチャンの友達が毎月訪れて、娘の思い出話をしてくれます。明日はヨガの友達、大晦日は私の友人来宅、心の中の娘とともに、新年を迎えます。

２０１８年12月29日

2019

1杯のコーヒーから

日本橋三越地下の、食品売り場での買い物の帰りに、必ず寄るのが、地下鉄の改札口に近いところにある、コーヒー売り場です。最近は、デパートでの買い物が目的というよりも、この店で1杯のコーヒーを飲むことの方が主目的かもしれない、と思うようにもなりました。この店のエスプレッソが気に入っています。

私が「コーヒー」という飲み物に初めて出会ったのは高校生の頃でした。生家のある故郷は、岩手の港町でしたから、漁師相手の飲み屋はたくさんありました。でも喫茶店はなかったと思います。私は、コーヒーを知りませんでした。あるとき、どこの誰にもらったのかは覚えていませんが、平べったい缶に入った、コーヒーと対面したのです。誰もいない家の中で、こっそり缶を開け、焦げた色の粉を目にして、こんなものを飲むなんて、と思ったのですが、とにかく、湯飲み茶わんに入れてお湯を注ぎました。すると、なんとも言えない香りがしたのです。香りに誘われて口に含んでみると、悪くはない、と思いました。

東京での生活が始まると、コーヒーは、日常生活になくてはならない飲み物に変わりました。当時は、至るところに喫茶店が存在し、人と会うにも、話をするにも、すぐ喫茶店に入ります。注文するのがコーヒー。その頃の喫茶店のコーヒーの味は、どの店でも似たようなものでした。それでも、少しずつコーヒーの味を覚え、少しでも美味しいと思った店に入るようになりました……。

その後、やはり上京し、近所に住んで大学に通っていた従弟の宰君が、卒業するときに、お世話になったからと、手挽きのミルをプレゼントしてくれました。それからは、毎朝豆を挽き、ネル（布）ドリップでコーヒーを淹れていました。好みも深煎りのブラックに定着しました。というのも、たまたまコーヒー店で飲んだときに、生っぽい味を感じたことがあり、それが浅煎りの豆を使ったブレンドということを知り、焙煎に興味を持ち、深煎りのイタリアンブレンドにたどり着いたのです。砂糖やミルクを加えると、コーヒーの味が変わるのも好みではなく、自然とブラックになりました。

娘バルと暮らすようになっても、朝のコーヒーは続きました。知り合いのコーヒーショップで焙煎直後の豆を買い入れていましたので、わが家の来客にも「美味しい」と好評でした。

日本橋三越の地下のコーヒー売り場で、エスプレッソを初めて口にしたことで、長年気になっていた、コーヒーに関する一つの謎も解けました。

娘とブラジルに行ったときのことです。ブラジルのコーヒー店で何度かコーヒーを飲んだのですが、どこでもデミタスカップよりも小さな細長いカップに、砂糖たっぷりのコーヒーが出てくるのです。娘に聞けば良かったのですが、日本のコーヒーとは違う飲み方なのだなあ、と勝手に思い込んでそのままに過ごしてきました。が、心のどこかに「ブラジルのあのコーヒーは何だったのだろう」という疑問が残っていたのです。

エスプレッソだったのですね。イタリアやフランスではコーヒーといえばエスプレッソのことを指すようですが、ブラジルもそうなのでしょうか。日本で飲んでいるコーヒーが世界中ほぼ同じようなもの、と思っていましたから、私は深煎りまでたどり着きながら、エスプレッソの存在に気がつかなかったのです。

ミルを抱えてやってきた、従弟の宰君も若くして亡くなり、毎朝一緒にコーヒーを飲んだ娘のバルも亡くなりました。１杯のコーヒーを飲むたびに、宰君やバル、そして折々に、コーヒーを楽しんだ友人たちのことを思い出します。

近況あれこれ

娘バルも訪れた造り酒屋のお酒

昨日、今年初めて三越に買い物に出かけました。酒売り場の前を通ると、ある日本酒の名前が目に留まりました。立ち止まってパンフレットの写真を見ると、娘バルの旅行先での写真と同じ造り酒屋の入り口が写っていました。

バルが友達と二人で福島に旅行したときに、「お母さん、日本酒を飲んできましたよ」と、言ったことがありました。昨年、その酒造店の前で撮った娘の写真を整理しながら、機会があったらそのお酒を飲んでみたい、と思ったのです。

思いがけず、早くもその機会が訪れました。私は、「試飲だけお願いしていいですか」と、造り酒屋から来ている販売員に聞きました。そして純米辛口と大吟醸辛口を試飲させていただきました。辛口の割には甘味もしっかり感じられ、重みのある酒だと思いました。美味しいとは思いますが、もう少し淡白な方が私の好みかな、と感じました。それでも、心に思っていたことが一つかなえられて、この日は良い日になりました。お酒の試飲後、いつものコーヒー売り場でカプチーノ（エスプレッソに温めたミルクを入れたもの）を味わいながら小休止し、帰宅。この日のことを、娘の遺影に報告しました。

2019年2月2日

近所の中華屋さん

近所に「栄来」という中華料理の店があります。私がここに住んでから40年余りになりますが、引っ越してきたときには、この店は営業していましたから、いろいろな店が様変わりする中で生き残っている、数少ない店の一軒です。生き残るためには、苦労もあったと思いますが、何年経っても変わらないのが味と値段です。どちらも店にとっては大事な柱とも要ともいうべきものだと思いますが、それを変わりなく続けていることには脱帽です。

引っ越してきて最初の頃、妹一家が毎週のように遊びにきていました。そして時々外食したのが、家から近かった「栄来」です。特に義弟がこの店の中華そばが大好きでしたし、まだ小さかった甥も姪もよく食べました。私はいつも天津麺でした。とろみのある醤油味のスープを気に入っていました。その後、広東麺を食べたらこちらも気に入り、しばらくは広東麺が続きました……。

あれから時は流れ、義弟はすでに亡くなり、甥も姪も子の親。姪は私が住んでいる縁で、結婚してから近所に住むようになりました。小学二年生の姪の子供Kちゃんは、「栄来」のラーメンや餃子が大好きです。

散歩の帰りのある朝、登校するKちゃんと出会いました。「今日は帰りにいくちゃん（私）の家に行く日」とKちゃん。Kちゃんの分も「栄来」の餃子を取っておくからね、と私が言うと「やったあ！」と言ってKちゃんは学校へ駆けて行きました。

昼近くに、妹と姪がわが家にやってきました。隔週ごとに娘バルの遺影の前に挿す花と、水を2箱（2ℓ入り12本）持ってきてくれます。

さっそく昼食の注文です。ここのところずうっと、妹と姪はホイコーロー丼、私はネギみそラーメン、そして餃子を4人前。餃子は、メニューには「7種の野菜餃子」と載っています。皮からの手作りで、10㎝ぐらいある大き目の焼き餃子です。タレはつけないでそのまま食べてちょうどいい味です。ところが、この日は「栄来」に注文の電話をした時点で、餃子はこれから作るので、出来上がるのは夕方になる、とのことでした。私は、朝Kちゃんと約束したのに、果たせないで困ったなあと思いましたが、店にないのではどうしようもありません。

餃子抜きで注文して間もなく、チャイムが鳴り、「栄来ですが」という声。もう届いたのかしら、と思い、ドアを開けると「栄来」のいつも出前に来るお兄さんでした。「餃子のことですが、作り置きの皮があったので、少し待ってもらえばできそうです」と言うのです。わざわざ知らせに来てくれたお兄さんに、私は「ぜひお願いします。遅くなっても構いません」と答えました。それから30分ほどして、熱々の注文品が届きました。そして、学校帰りのKちゃんのお腹にも、無事餃子が収まりました。私はKちゃんとの約束が果たせてほっとしました。

美味しい店が近所にある幸せ……。ささやかな幸せですが、なくては困る大切な幸せでもあります。

近況あれこれ

今日は姪の子供Kちゃんに誘われて、区立の熱帯環境植物館で遊んできました。週末は子供の入館料が無料ということで、けっこうにぎやかでした。目的は午後3時から行われる魚への「エサ

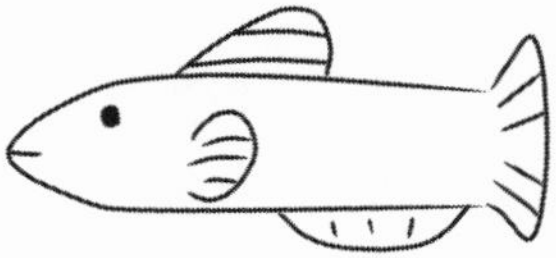

やり」です。私も初めて見たのですが、どの魚も工夫（？）して上手にエサを口にするので、見ていてとても楽しかったです。それからKちゃんのお勧めで、「ヒトの皮膚を食べる魚」のところに行きました。「ガラ・ルファ」という名の、西アジア産の小魚です。水槽の上に指を入れる穴が開いていて、そこから人差し指を入れてみたら、たちまちガラちゃんたちが集まってきて、私の指を舐めるようにして角質を食べてくれました。指を水槽から出して見ると、他の指と比べて、爪の甘皮がほとんどなくなっていました。

帰り道、Kちゃんの好きなお菓子を買ったら、「いくちゃんは孫に優しいのね」とKちゃん。「私の孫ではないけど、孫もどきかな」と私。

２０１９年2月23日

カフェラテ

コンビニのカフェラテがニュースになっているのを見て、私も飲んでみたいと思っていました。が、これまでコンビニはほとんど利用したことがなかったので、機会がありませんでした。

私の家から電車で2時間ばかり離れたところで一人住まいをしている、86歳の叔母（父の妹）がおります。私と妹は、いつも叔母のことは気にかけていましたが、都内に息子夫婦も住んでいるので、今頃は有料の施設に入居しているかも、などと話していました。その叔母から1月初めに電話がありました。いまだに一人暮らしで、「寒いのにこたつも壊れて、冷蔵庫も壊れて……」など話し、最後に「良かった、いくちゃんと話ができて。今日はとてもいい日だった」で終わったのです。私は「うん？　私と話したことであんなに喜ぶなんて。おかしい」と胸騒ぎがしました。すぐ妹に連絡し、1週間後の休日には、妹の車で姪とKちゃんも一緒に、掃除道具と米だけを持って、叔母の家に向かいました。

外で転んで足が痛いので、つかまりながらの日常生活とのことでした。さっそく大掃除をし、部屋に置いたままの壊れた電気製品など、使わなくなった物を片付けました。それから量販店に行ってこたつと照明器具も買いました。

その後訪れたとき、叔母が動くこともままならないのを目にして、1週間に1度、食料を届けがてら、叔母の様子を見に行っていました。医者に行ったときには動けなくなり、息子のところに連絡がいったとのことで、息子も顔を出しているとのことです。

近くにコンビニしか店がないので、叔母の家に行くたびに、買い物に利用していました。ある日、買い物ついでにカフェラテを頼んでみました。紙カップを渡され、自分で淹れるのだそうです。「初めてなので、教えてください」と従業員にお願いしたら、コーヒーマシンのところまで出てきて教えてくれました。

次の週にまた買い物ついでにカフェラテを頼みました。「先日教えてもらったのですが、うろ覚えなので、分からなかったらお願いします」と従業員に言って紙コップをもらい、コーヒーマシンのところに行くと、先客が淹れている最中でした。私がよく見ようと、脇から身を乗り出すと、先客が「カフェラテ?」と聞くので、そうです、と答えました。するとその人は、自分の淹れたばかりのカップにふたをして私に「これをどうぞ」と言い、ふたの開け方まで説明してくれたのです。私は思いがけないことに驚きましたが、その人は「自分のは、すぐ淹れるから」と言い、私のカップをマシンに置き、淹れ始めました。50代ぐらいの男の人で、作業服姿でしたので、お昼の弁当でも買いに来ていたのではないかと思いました。
私は丁寧にお礼を言ってコンビニから出ました。手に持ったコーヒーの温もりよりも、私の心はとても温かいもので満たされていました。そして、私も見習わなければ、と思いながら、叔母の家に急ぎました。

後日、この話を娘の友達でクリスチャンの方に話しましたら、「聖書の中に、自分の益を図って自分の事だけに目を留めず、人の益を図って他の人の事にも目を留めなさい、という言葉があります。他の人に見習うまでもなく、秋さん（娘バル）のお母さんの人生そのものだと思います」という言葉が返ってきました……。

２０１９年3月30日

花見の季節

今年も花見の季節がやってきました。わが家の近所は桜の木が多いので、花見はしていましたが、娘が亡くなってからは、ほとんど花見らしい花見はしていませんでした。

今年の花見はわが家の家の中から始まりました。

沖縄の友人が、所用で上京し、わが家を訪れたときのことです。玄関のドアを開けると、抱えた桜の花の後ろから「途中で見つけたので」と友人の声。

鉢植えの花を抱えての電車の中では、帰宅時間で比較的混んでいるにもかかわらず、周りの乗客が、花を散らさないように気を遣ってくれたり、話しかけたりで、和やかな雰囲気だったそうです。

さっそく、テーブルに置き、花見の宴が始まり、夜中まで続きました……。

その3日後、かつての同僚のYさんと花見の約束をしていました。当日は、あいにくの天候で、歩きながら少し桜を見てから、わが家での花見です。お酒を飲まないことを知っていましたので、食事とコーヒーでの花見でしたが、久々の出会いに、積もる話で盛り上がりました。

その翌日、東京周辺に住んでいる、小学校からの同級生が数人、やってきました。半年ほど前から花見をしたいと言っていたので、ここのところ毎日、私はベランダから花の様子を眺めていました。そして1週間前に連絡し、八分咲きぐらいの桜を見ることができました。各々持ち寄りの弁当を食べ、ほぼ一日を花の下で過ごしました。

同級生を駅まで送った帰り道、名前を呼ばれて振り返ると、近所の友達の鈴木さんでした。今年初めての出会いでした。二人とも、帰り道でもあるので、少し寄り道し、一緒に夜桜を楽しみました。それから久しぶりの出会いを惜しみ、近所の店で夕食をしてから別れました。

今年の花見はこれで終わりかな、と思っているところに「明日花見に付き合ってくれませんか。弁当は私が作って持っていきますので」、というメールが姪から届きました。翌日、姪とその子供Kちゃんと一緒に前日と同じ場所で花見をし、姪が用意した、Kちゃんの好きなもの尽くしの弁当を食べました。それからわが家で、姪と私はコーヒー、Kちゃんはみどり茶（緑茶）でひと時を過ごしました。

その後、カンツオーネの会の娘の友達から連絡があり、まだ残っている桜を見ながら一杯ということでしたので、宴の準備をして待ちました。結局、外の桜は寂しい感じがしたので、わが家で、沖縄の友達が抱えてきた鉢植えの花をテーブルに置き、残りの桜を見ながらの花見酒になりました。

家の中での花見に始まり、〆もやはり家の中で終わりました。娘バルもきっとそばで一緒に楽しんだことでしょう。

近況あれこれ

新学期

新学期が始まり、姪の子供Kちゃんは小学三年生になりました。新学期2日目の今日、新しい教科書を配布されたKちゃんは、学校帰りにわが家に寄り、その教科書を見せてくれました。

三年生から新しく始まる教科は、英語と理科と社会と習字ということです。私たちの時代には、中学に入って初めて英語の授業が始まりましたので、小学校で英語の授業が始まることには驚きもし、また、羨ましくも思いました。

Kちゃんの英語の教科書『Let's Try』を開いてみました。するとカラフルな絵とともに、「Hello！」「How are you？」など挨拶から始まっていくつかの例文が載っていました。64年前、私が初めて習った教科書は『グローブ リーダース』で、最初のページに載っていたのは「a dog」「a big dog」だけだったと記憶しています。カラーページはありませんでした。Kちゃんの教科書のようだったら楽しく学べたかなあ……、としばし思いに浸りました。

2019年4月13日

セリ摘み

お正月にスーパーから買った一束のセリが、今わが家のベランダで育っています。

お雑煮に使うために買い求めたセリですが、使ったあとの根の付いた部分を捨てがたくて、鉢に植えました。そして5月まで、15㎝ぐらいまで成長したセリを数回摘んで食べました。量も、買ったときとほぼ同じぐらいあります。

私が故郷大船渡で馴染んでいたセリは、スーパーのセリのように縦に伸びたものとは異なります。茎の長いのを「水ゼリ」というそうですが、私の故郷ではセリというと茎の短いものがほとんどでした。

稲刈りの終わった田んぼは、水のないまま、翌年新しい苗を植えるまではお休みしています。春も早い時期に、その田んぼやくろ（畔）などに、毎年セリが生えてきます。赤っぽい茎は短く、地面にしっかり張り付いたように生えていますので、セリ摘みは、包丁で根をこそぎ取るように切離していました。田んぼのそばの堰や小さな沼の中には茎の長いセリも見受けられましたが、それほど多くはなく、水の冷たい季節でもあり、水の中のセリまでは摘まなかったように思います。

セリ摘みは子供の仕事でした。学校から帰ると、近所の仲良し二、三人で誘い合って出かけます。手籠《てかご》と包丁を持って、その日の摘む場所を話しながら決めていきます。田んぼの周りには、どこにでもセリが生えているので、どの方向へ行っても収穫できます。

摘んだセリを家に持ち帰ると、まずは茎の古いところや、他の植物の葉などのごみを取り除きます。それから水に放し汚れを落とします。母はいつも茹でておひたしにするか、味噌汁に入れていました。赤っぽい茎や葉が緑に変わる瞬間が好きで、私はいつも母のそばで茹でるのを見ていました……。

ベランダ育ちのセリは、からし和えにして食べようか、それとも味噌汁の具にしようか、と最初はあれこれ思いを楽しんだのですが、叔母の家にはからし和え、自分には二度も収穫しながら、味噌汁だけで終わってしまいました。

それにしても、一年中何度も摘むことができるセリなんて、不思議ですね。季節感がまるっきり失われてしまって、何度も何度も、私の餌食になる運命を背負ってしまったことに、セリといえども、同情してしまいます。

２０１９年5月25日

本の書き込み

昨年読んだ本は308冊。そのうち自分で購入したのが43冊で、残りの265冊は近所の図書館から借りたものです。

図書館から借りた本は、ほとんどシリーズものですが、汚れが多いことには驚きます。しみ、水濡れ、書き込み、一部切り取りまでありました。

書き込みで目につくのは、標題紙のところです。本を開いて最初に目につく題名の書いてあるところですが、そこに○や×印、レ点などが、赤や青のボールペンでしっかり書き込んであるのです。最初この書き込みを目にしたときには、信じられない思いがしました。自分の好きな本を借りて読むのですから、大切な借り物に、消せない書き込みをするなど、私には考えられないことです。

いろいろ推測した結果、図書館の利用者は、比較的年配の人が多いことに関係があるのではないか、という考えにたどり着きました。私も年配利用者の一人です。その私は、図書館を利用するたびに記録する、小さなノートを持っています。そこには、借りた冊数、作家ごとの何を読んだか、が記録されています。何よりも歳を重ねるごとに忘れやすくなって、いちいち読んだかどうか、覚えていないことも多いので、読んだものをまた借りたりすることを避けるためにも、記録は、何年も続けている習慣です。

書き込みは、年配者が、自分が読んだか読まないかを識別するために、シリーズものなどに付けているのだと思いました。それにしても、図書館の本に書き込むなど言語道断。

その後、図書館で「本が泣いています」という小さな展示を目にしました。そこに並べられていた本は、破れ、水よれ、切り取り等々。私の目にも本が泣いているように見えました。

雑誌コーナーに行きますと、書架に「切り取り多数のため　購入中止」という表示が出ているところが2か所。月400円ぐらいの月刊誌を、自分で購入しないで、図書館で切り取って済ませるということは、経済的な理由ではなさそうです。個人の育った環境からの、マナーに対する何かが欠けているとでもいうのでしょうか。

本を泣かせないためには、どうしたらいいのでしょうか。利用者のマナーの向上しかないとしたら、個人の育った環境、教養や品格に委ねられなければ解決しないとしたら、これはもう、なかなか「本の笑顔」にお目にかかるのは難しいかもしれません。せめて、子供のときから本の大切さを教えていくという、地道な努力が、考えられる最良の道かもしれませんね。

近況あれこれ

ボランティア

4月から、ボランティア団体に参加させていただき、外国人に日本語を教えています。週一回ですが、日本語初心者へのマンツーマン指導ですので、それなりの準備も必要です。幸い、教える相手は中国の方ですので、若い頃習った中国語が役に立つかな、と思って担当させてもらったのですが、初心者では、日本語での説明は相手に解ってもらえないので、説明のほとんどを日本語と中国語併用でしなければならないことに気がつき、ちょっと焦りました。

それでも、相手は若くて学ぼうとする気持ちが強い人ですので、覚えも早く、最近は少しずつ話ができるようになりました。とは言っても、新しい言葉や会話を教えるときには、どうしても中国語併用になりますので、そのための準備で週1日は時間を費やしてしまいます。

それに、国語を教えたことはあるのですが、日本語教師の経験はないので、7月には区役所主催のセミナー、8月には「日本語ボランティア研修講座」受講の予定もあり……。

というようなわけで、時間の余裕がなく、次回のブログはお休みさせていただくかもしれません。いつも読んでくださっている皆様、ありがとうございます。

２０１９年６月22日

4年ぶりの花火

8月3日、今年も近くの荒川で「花火大会」が行われました。

娘と暮らすようになってから亡くなる前年まで、ずうっと二人で、ときには友人を交え、花火を楽しんできました。

その頃住んでいた部屋が13階で、ベランダに出ると、目の前に花火が見えました。音も大きくて、建物全体が揺れるかのようでした。花火の日の夕食は決まって焼きそばとビールでした。早めに用意して、食べながら「ドカーン」とくるのを待っていました。その後、今住んでいる8階の部屋に移りましたが、こちらに住んでからも、娘の部屋の窓から花火は見えました。

２０１６年の、荒川の「花火大会」は、娘が入院していましたし、私も病室に泊まりこんでいましたので、見ることができませんでした。それでも、病院から両国の花火が見えるかもしれないと思い立ち、花火の当日の昼家に戻り、焼きそばを作って病院に戻りました。結局両国の花火は方角違いで、見ることはできませんでしたが、娘は少し焼きそばを食べて、花火の日の雰囲気を味わってくれました。

ある日、隅田川の見える病室から、遠くの方で打ち上げられている花火が見えました。音は聞こえませんでした。それを眺めながら、誰の歌だったか覚えていませんが「音なく開く　遠き花火は」という言葉を思い出していました。

8月3日というと、思い出すのが歌人中城ふみ子です。65年前のこの日、中城ふみ子は札幌の病院で亡くなりました。31歳8か月の人生でした。

渡辺淳一著『冬の花火』という中城ふみ子を描いた小説があります。40年ほど前に購入したものですが、改めて読んでみて、やはり、この主人公に心惹かれるものがありました。

娘バルを同じ「乳がん」で亡くした私には、中城ふみ子の入院から死に至るまでの心と体の痛みの日々が、娘との日々に重なって、以前読んだときよりも、はるかに中城ふみ子に近づいた感じがしました。彼女の歌も、より理解できたような気がしました。

花火にちなんで中城ふみ子の歌一首。

音たかく夜空に花火うち開きわれは隈なく奪はれてゐる

歌の意味にはここでは触れませんが、中城ふみ子の短くも激しい生き様を感じ取れる一首だと思います。ちなみに、最近の人の解釈に、「花火にすっかり心を奪われた様子を歌っています」とありましたが、それを目にした私は、作者が言いたいことを、読者がきちんと読み取ることの難しさを垣間見た気がしました。

娘が亡くなってからの、2017年、2018年は、例年通り花火の音がしても、私は無視するようにして、泣きながら花火が終わるまでを耐えていました。何年にもわたって、娘と楽しんだ花火が、一人になってからはこんなにもむなしいものに変わるとは、思いもかけないことでした。

今年は、花火が始まってからしばらくは、パソコンに向かっていましたが、ふと娘も見たがっているかもしれない、と思い立って、娘の部屋に入って窓を開け、娘の遺影と一緒に4年ぶりの花火を見物しました……。

2019年8月11日

初めて見た、マンゴウの種の中の種

今年も沖縄の友人からアップルマンゴウを頂きました。届いた翌日、若い女性の来客がありました。用事を終えて、お茶の準備をしながら、「あなたはマンゴウ好きですか？」と聞きますと、「大好きです。でも高くてなかなか手が出ません」という答えが返ってきました。確かに高価な果物だと思います。私も、娘がマンゴウを好きだったので、遺影の前に供えたい、と思うのですが、三越の食品売り場では、1個5000円~8000円はしていますので、年に数回しか買いません。「あなたはラッキーです。昨日沖縄の友人からマンゴウが届いたばかりです」と言って冷蔵庫からマンゴウを取り出しましたら、彼女の笑顔が大きくなりました。

さっそくまな板に載せ、真ん中の種を挟んで両側から包丁で縦に切りました。外側の2枚は、皮をむき一口大に切ります。真ん中の種の部分は皮をむき、種を避けながら削ぐように切ります。

残った平べったい大きな種をしゃぶるのが、娘バルのマンゴウを食べるもう一つの楽しみでした。丁寧にしゃぶると、種の周りに白い繊維だけが残ります。それを「お髭さん」と言ってあごのところに当て、いつも私に見せてくれました。日本では見られないこの遊びを見るたびに、娘はブラジル育ちなのだ、と私は思ったものです。

皿にのせたマンゴウを口にした、今日のお客様は「わぁー美味しい、こんなに甘味も香りも強いマンゴウは初めて！」と、とても嬉しそうでした。

来客が帰ってから、私は、亡くなった娘を想い出しながら、娘がいつもしていたように種をしゃぶりました。でも、繊維の部分が白くなるまでには至らないところであきらめました。その種を眺めているうちに、この種から芽が出るだろうかと思いました。

私は、貯食動物の血が流れているのか（??）、あるいはいたずら心とでもいうのでしょうか、大きな種を見ると、土に埋めたくなるのです。でも、これまで、育ったのはビワぐらいのものです。鉢で50㎝ぐらいまで育ったところで、妹の家の庭に移し、地植えしました。今はかなり大きくなって、実も生っているそうです。今、わが家のベランダには、いつ鉢の土に埋めたのか覚えていませんが、アボカドが30㎝ぐらいまで育っています。それに、名前も種も不明の植物が１本。

マンゴウの栽培方法をネットで調べてみましたら、輸入品は防カビのために放射線照射をしていることがあるので、芽がでないことも多い、とありました。私の手元にあるのは宮古島産なので、もしかしたら発芽するかもしれない、と思い、試みることにしました。お髭の種は殻で、その殻の中に芽の出る種があることも、今回初めて知りました。さっそく殻から種を取り出してみますと、形が牡蠣の小さな殻に似ていて、面白いと思いました。すぐ小さな皿に水を入れて、種を浸けておきました。1週間ぐらいで芽が出るそうですが、楽しみです。娘がいたなら、一緒に楽しめたのに、と思うと、またまた私は泣いてしまいました。

近況あれこれ

昔小学生の思い

Kちゃんから「見に来てね」と誘いを受け、今年も運動会を見に行きました。幼稚園に入った年から数えてKちゃんの5回目の運動会です。

幼稚園での最初の運動会は、娘バルと一緒に見に行きました。運動会の行われる場所は、小学校の校庭ですが、幼稚園の頃もここでしたので、娘と一緒に見た、最初の運動会をいつも思い出します。

今年は暑い日でしたので、テントの下の敬老席に座ろうか、と思ったのですが、もういっぱいでしたので、持参した腰かけで、それでもテントの下に陣取りました。

三年生のKちゃんが参加した種目は、「綱引き」と「輪」と「短距離競争」の三つです。80mを走る短距離競争のときには、私は場所を移動し、Kちゃんに声が届くように、大きな声で応援しました。

「輪」は、三年生全員で、身の丈ほどもある大きなフラフープを、自在に操りながら踊るものでした。私はその見事さに感動しました。短期間にこれほどの技を身に付ける子供の能力の計り知れない可能性と、それを指導した先生の、両者に感心と感動を覚えました。

そしてなにより、生徒の席はもちろんのこと、騎馬戦さえも男児女児混合だったことにいまさらながら気づき、感心しました。礼記の、「七年男女、不同席（男女七歳にして　席を同じゅうせず）」を思い浮かべる私に、私自身が「古い！」と声を上げていました。70年前に小学生になった私です。今の小学生を見ていますと、感心というよりも、感無量とでも言った方がぴったりだと思いました。

２０１９年8月24日

アナウンスのことば

久しぶりに不用品買い上げの業者の車が回ってきました。いつも呼びかけの声を車から流しているのですが、「壊れていても構いません」という部分を聞くたびに、私の胸の中で違和感が持ち上がっていました。

最近、自分自身が使ったことで、やはり違和感は間違えではなかったのかもしれない、と思い、調べてみることにしました。

近所の中華屋さんに出前をお願いしたときに、「遅くなるかも」と、お店の人が言ったことに対して、「遅くなっても構いません。お願いします」と私が返答したことです。

調べた結果、「構いません」は、自分が「気にしない」「差し支えない」ことを示す場合に使う、相手に許可を求められた場合、自分の都合で何かをする許可を得る場合や、確認を取る場合に使うことができる、とありました。

お客様の方から、「壊れていても構いませんか?」と聞くのならいいのですが、不用品買い上げの業者がお客様に向かって「構いません」というのは不適切な言い方で、「壊れていても差し支えありません」とでも言い換えた方がいいかもしれない、と思いました。

私は10代の頃から、言葉に対して敏感なところがありました。実家の近所の、ある会社の標語を目にしたときにも、おかしい?と感じて申し入れをしたことがありました。「安全は急ぐときほど慎重に」という標語でした。慎重に対処した結果が安全につながる、ということなら分かりますが、「安全」は名詞で、それを慎重に、の意味が分かりませんでした。60年ほど前のことですが、今でも覚えているのは、私の申し入れにきちんと説明がなかったので、私の記憶から消えないからです。最近、ネットで安全関係の標語を探してみましたら、「安全は急ぐときほど慎重に」と同じような標語がいくつか出てきましたので、品詞を、あいまいなままに使っているのかなあ、あるいは標語だけに許される許容範囲があるのかなあ、などと思ってみましたが、いまだにすっきりしないままです。

大学で国語表現法という科目がありました。私は、先生が問題を黒板に書き終わるときには、答えを全部分かっていました。この科目の試験のとき、故郷に不幸があり、試験を受けられなかったのですが、先生に「平常点でお願いします」と申し入れると、先生は「分かりました」と承認してくださいました。

最近姪の子供Kちゃんと行った熱帯環境植物館で、「エサやり」を見学したのですが、その30分ぐらいの間、スタッフが「エサをあげる」と言っていたのが気になりました。「あげる」は漢字で書くと「上げる」で、もとは謙譲語からきているので、動植物に対して敬語を使う必要がないので使わない、と覚えています。ですが、熱帯環境植物館では魚が主人のようなものですから、「魚様様」の気持ちでエサをやっているのでしたら、「エサをあげる」と言う気持ちも分からないわけではないですが……。

言葉の間違えではないのですが、最近テレビの健康食品の宣伝でよく耳にする、愛用者が「自然のものですから安心ですね」と言うセリフ。これを聞くたびに「うん？　どうして自然のものなら安心なの？　自然だから安心できないものもたくさんあるのに、この健康食品は、そんなあいまいな言葉で宣伝して大丈夫なの？」と思う私。

自分でも気にしないようになりたいのですが、持って生まれたものと思い、あきらめるしかなさそうです。

２０１９年９月14日

娘バルの、三度目の祥月命日を迎えて思うこと

親しい友達のMさんと、何年も、月に1回の「一杯」を楽しんでいます。最近は、文京区の蕎麦屋で一杯なのですが、二人とも蕎麦が大好きですので、店の座席に落ち着くとすぐに、2時間ぐらいあとのメに食べる蕎麦を、何にしようかと悩みます。昼食べるときには、私は、冬は温かいきつね蕎麦、夏はもりか冷しきつねに決まっているのですが、夜、飲んだあとに食べる蕎麦にはちょっと悩みます。

この夜は、夏の終わりともあって、次回の「一杯」にはメニューから消えている夏バージョンの「きのことおろしのぶっかけ」を食べることにしました。二人とも同じ蕎麦を頼むことはまれですが、そんなわけで、この夜は同じでした。

飲みながらのいろいろな話の中で、Mさんは、意外に真面目な顔つきになって、「職場で気がついたのだけど、友達のいない人が結構いるのよね。友達がいないなんて私には考えられない」と言いました。

「私の周りにも、友達のいない人がいます。幸せとは愛と友情が人生にあること、という言葉があります。誰が言ったかは覚えていないけど、私もそう思います」。そう言いながら、私は娘バルのことを思い浮かべていました……。

私にとって娘バルは愛する者でしたが、同時に友達のような存在でもありました。バルと暮らし始めてから、周りの人たちに、「あなたは（性格が）丸くなった」とよく言われました。そんなにつっぱって生きていたわけではありませんが、根が真面目と自他ともに認める存在だった私は、周りの人たちにとってはつっぱっているように見えたのかもしれません。ちなみに、ネットで検索してみますと、根が真面目とは「優しい、何事にも手を抜かない、面倒見がいい、完ぺき主義、素直、頑固……」などとありました。

出会った最初の頃、バルから「お母さんは目が怖い。でも、怖い人ではない」と言われました。やはり、私はそのような印象を、周りに与えていたのでしょうか。

バルとの生活は、親子としての面と、友達としての面との両方があったと思います。私にないもの、欠けているものをたくさん持っているバルの存在によって、私の心にはそれまでの人生になかったものが生まれ、育ってきたのだと思います。その結果が、周囲の人に「丸くなった」と思われたのでしょう。娘の、乳がんの転移から亡くなるまでの5年ぐらいを、「大切な日々」としてブログに書きましたが、バルと生活をともにした27年間全てが、私にとっては大切な日々であったと、今は心から思っています。

バルの死によって、私は幸せの要ともいえる「愛と友情」の両方を失ってしまいました。私の幸せは消えたかのように思われました……。

勤めていた頃、店を閉めるまで通った文京区本郷の「金寿司」の主人に、「あんたは友達が多いね」と言われたものです。歳を重ねるにつれ、友達も限られてきてはいますが、その限られた友達の存在で、私はかろうじて、娘バルのいない日々に耐えることができているのだと思うようになりました。最近読んだ小説の中に「人の幸せは、他人との出合いで決まるのかもしれない」ということが書いてありました。私のこれまでの人生を振り返ってみますと、確かに人との出会いで人生の節目をつないできたようにも思われます。

娘が亡くなってからは、娘の親しかった友人知人も私に声をかけてくださいます。今日の祥月命日にも、カンツオーネの会の友達が来宅、娘の遺影を前に、ひと時を過ごしました。花を送ってくださった友達。美味しいお酒を送ってくださった方。娘バルを思い出してくださいまして、ありがとうございます。そして、私にまでお心遣いを頂き、ありがとうございます。

バル、ありがとう。あなたのいない日々は悲しくて、生きることさえむなしいと思うこともあったけど、毎日「心の中の娘バル」と話し、私の友達やあなたの友達と、あなたの思い出を語ることで、悲しみや寂しさを紛らわすことができるようになりました。

ママエに残されたこれからの日々も、「心の中の娘バル」とともに過ごしていきたい。心の中にあなたがいる限り、いつもあなたへの感謝と、生かされていることへの感謝の気持ちを持ち続けていきたい。あなたは私の人生で唯一無二の存在です。

２０１９年10月18日

秋刀魚の歌

私のふるさとは岩手県の大船渡市です。大船渡は漁港です。母が生きているときには、毎年秋になると秋刀魚が届きました。実家の向いの魚屋に頼んでおいて、魚市場に上がったばかりの秋刀魚の氷詰めを、送ってもらっていました。20匹ぐらいは入っていたので、近所にも配りました。ピカピカに光った秋刀魚はその名の通り、刀を想像できるものでした。東京ではめったに目にすることのできない秋刀魚の姿です。

２０１１年に母が亡くなってからは、美味しい秋刀魚を食べることができなくなりました。ところが、震災後、数年経ってから、東京で大船渡の秋刀魚を食べる機会ができたのです。それは、防災のイベントとして、被災地大船渡の秋刀魚を、炭火で焼いて無料で食べてもらうというものです。会場は２か所で、両国の公園では

700匹、東京タワーでは3000匹を焼いて食べてもらうのだそうです。毎年、妹がボランティアで参加しており、私にも持ってきてくれます。幼い頃から馴染んだ秋刀魚の味です。今年も妹から3匹もらったので、2匹は自分で食べ、1匹は近所の知人に食べてもらいました。美味しかった、と笑顔のお礼が届きました。

秋刀魚といえば、佐藤春夫の『秋刀魚の歌』を思い浮かべる人が多いと思います。

さんま、さんま
さんま苦いか塩っぱいか。

この部分は大抵の人が知っています。私は、中高校の教科書に載っていた詩は、ほとんど覚えているのですが、なぜかこの詩は載っていなくて、私も全詩を知らなかったのです。こんなに有名なのに、どうして教科書に載っていなかったのだろうと思っていましたが、今回この詩を読んで納得しました。人の妻に恋した切ない思いを詠っているのです。中学校や高校の教科書に載せることは難しいだろう、と思いました。

読んでみて、とにかく覚えようと思い、毎日散歩のときに少しずつ暗記しているのですが、これが、なかなか覚えられない。「さんま苦いか塩っぱいか」の部分は最後尾ですが、とにかくその部分だけは最初に覚えました。そして、半月かけて、やっと、なんとかすべてを覚えましたが、なんという切ない気持ちの伝わってくる詩なのでしょう。毎日毎日暗唱するごとに、切ない思いが強く訴えかけてくるのです。

2016年6月26日に娘バルが入院しました。翌日の27日から私は友人と関西方面に旅行に出かける予定でした。一時は中止も考えましたが、「入院できたから、お母さんは楽しんできて」と娘が言うので、その言葉に甘えて出かけることにしました。そのときの旅行先の一つが和歌山県の新宮市で、「佐藤春夫記念館」でした。記念館で、録音されていた佐藤春夫の、生前の声を聞くことができました。『秋刀魚の歌』はこの新宮で作られたのですね。

夜、新宮の町の寿司屋で夕食をとりながら、入院中の娘にメールをし、返事をもらったことが、鮮明に思い出されます。

2019年11月2日

茶会

私がボランティアとして参加している、外国人との交流団体の主催で、茶会が開かれました。講師は国際交流機関から紹介していただいた表千家の方です。そして、お客様は日本語を学んでいる外国人学習者で、当日参加可能な十人ほどです。

私は、世話役として早めに家を出ました。家を出がけに、ふと思い立って、娘の遺品の抹茶茶わんを持参しました。3年前に亡くなった娘バルにも、茶会の雰囲気を味わってもらおうと思ったのです。

会場は、わが家から歩いて10分ほどのところにある、区の集会所の和室でした。62畳の広い和室で、普段手入れをしないのか、障子の至るところが破れていたのには、驚きました。何とか2枚だけ破れていない障子を入れ替えて確保しました。その障子の前の一角に、講師の方が持参してきた風炉《ふろ》先屏風《さきびょうぶ》を置きましたら、それだけでも、なんとなく茶室の雰囲気が感じられました。そこに風炉を置き、茶釜をのせ、水差しや柄杓などの道具を置きましたら、だだっ広い和室の一角が、茶室に生まれ変わりました。

茶釜を目にしたときには、岩手県大船渡の生家のいろりで、いつも湯を絶やさなかった茶釜を思い浮かべていました。そういえば、確か「鉄瓶」ではなくて単に「かま」と言っていたような気がします。来客の多い家でしたから、いろりに火がある限り、釜から湯煙りが上がっていました。沸いてくると音がするので、家人の誰かがふたを少しずらして、お湯が吹きこぼれないように気をつけてもいました。懐かしい……。そんな思い出の詰まったわが家も2011年の災害で失われてしまいました。東京のわが家では、いつの日かの帰省時に、新幹線の水沢駅の売店で買い求めた、南部鉄の小さな急須でお茶を入れています。

外国人へのお点前が終わったあとに、世話役のボランティアの人たちにも点ててくださるということになり、思いがけず一服頂くことになりました。

若い頃に、一通りの作法は教えていただいたことがあったのですが、すっかり忘れてしまい、他の方の作法を見ながら、娘の抹茶茶わんで頂きました。

そのときに、講師の方が、娘の茶わんの色絵を「京都の高台寺の紋です」と教えてくださいました。

私の娘はブラジルからの留学生でした。ホームステイ先は姫路の篤志家の方でしたが、奥様が京都の人ということもあって、来日直後は京都には何度か連れて行ってもらったようです。

その後、娘は関西から東京に移り、縁あって私の娘となり27年暮らして3年前に病で亡くなりました。娘がわが家に引っ越してきたときに持参した僅かな荷物の中に、この抹茶茶わんがありました。

娘はこの茶わんのことには一度も触れたことがなかったので、ホームステイ先でお茶のお稽古に通ったそうですから、そのときに使ったものだと思っていました……。

今回の茶会で思いもかけず、京都の高台寺の紋と分かり、思い出したことがありました。関西での細かい話はほとんど口にしない娘でしたが、珍しく「お寺の中は冷たくて、あまり好きではなかった。お茶（抹茶）も美味しいと思わなかった」と、言ったことがありました。娘はきっと高台寺に連れて行ってもらっていたのですね。そこで茶会が開かれているそうですから、その茶会に参加したのかもしれません。そして連れて行ってくださった方がこの茶わんを求めて娘にプレゼントしてくださったのでしょう。

娘の抹茶茶わん「高台寺　在銘鳴滝　菊紋　桐紋　五七桐　京焼」は、わが家で30年過ごしてから、やっとその来歴が分かりました。今回の茶会は、外国人学習者のための催しでしたが、娘の茶わんのことが分かったことで、私にとっても有意義な茶会となりました。

２０１９年12月17日

2020

畑の野菜

甥嫁の実家から、自家栽培のネギと大根とブロッコリーとキャベツ、手作りの味噌を頂きました。

ネギは、全長が90㎝もあり、その長さにびっくりしました。わが家では、年中、昼食は麺類なので、薬味としてのネギは必需品で、冷蔵庫にない日はありません。「(有機野菜の)宅配サービス」から届くネギは70㎝ぐらいですが、それでも冷蔵庫に保存するときには葉の部分を折るか少し切り取ってからにしています。90㎝の長さになると、葉と白い根の部分を分けて保存しようか、とも思いましたが、しばらくは新聞紙にくるんで、ベランダに置いてみることにしました。「しばらくは」とは言っても、ネギ好きの私のことですから、頭の中では「今夜はネギ焼きで、田楽味噌で食べてみよう」などと思っているのですから、あっという間になくなることは必定です。

大根は、やはり田楽にしようと蒸したところです。私は、野菜は茹でないで蒸します。茹でるよりは栄養も逃げないそうですし、野菜全体が均等に柔らかくなりますので、食べやすさもあります。大根は、田楽用に1本を六つに切り、皮をむき、蒸し鍋に並べて火にかけますと、10分で柔らかくなりました。近日中に来客の予定があるので、酒の肴の一品に。青々とした大根の葉は細かく刻んで、ジャコと一緒にゴマ油で炒め、だし汁と醤油で味付けしました。これは今夜の副菜の一品です。

キャベツは、週2回は昼食に食べる焼きそばの具に。

ブロッコリーは洗ってから薄い塩水にさあっと通したあと、3分ぐらい蒸して出来上がり。水で冷やさないで、この時期はざるに取って外気で冷まします。色も鮮やかなままです。ひと房味見しましたら、美味しいので、ソースなしで食べられそうです。普段、「(有機野菜の)宅配サービス」から購入しているブロッコリー、カリフラワー、ニンジンなどは、蒸してサラダとして食べますが、素材の味そのままを生かすために、ソースはレモン汁とオリーブオイルを用いるぐらいです。

余談ですが、最近見た目薬の会社のパンフレットに、目に良い野菜（ビタミンA含有）として、ブロッコリー、ほうれん草、ニンジンが載っていました。私が毎日のように食べている野菜なので、驚きました。目の弱い私の本能の為せる業とでもいうのでしょうか。

大根の切れ端は、妹が近所の豆腐屋さんから買ってきてくれる油揚げと一緒に、今夜の味噌汁の具です。昨年11月に故郷大船渡に法事のために出かけた妹が、地元産の煮干しを買ってきてくれました。この煮干しは8㎝ぐらいの大きさの片口いわしです。だしをとるときには、頭と尾を取り除いてからふたつに割って、中の黒い内臓の部分を取り出します。この内臓が残っていると、だしに苦味が出て私の好みではないのです。

味噌汁には信州味噌を使っているのですが、今回は頂いた手作りの味噌を使ってみました。いつもと同じ量では、少し甘い感じがしましたが、煮干しにも合うし、信州味噌と混ぜても美味しいと思いました。その残りが冷めたまま鍋に残っていたので一口すすってみました。これがとても美味しかったので、思わず飲み干してしまいました。冷めても美味しい味噌汁には、なかなかお目にかかれません。夏には冷や汁としても楽しめそうです。

私が育った生家では、米も野菜も、味噌も自家製でした。生家を離れてから60年近く時は過ぎ、この30年は、「(有機野菜の) 宅配サービス」から届く土付きのネギやニンジンなどに、少しばかり畑気分を味わってはいました。

故郷の冬の畑には、ほうれん草の他には野菜の姿はなく、秋に収穫した大根を貯蔵しておく土の室が、こんもりと盛り上がっていて、その上に雪が積もると、子供たちの小さなすべり台になっていました。ほうれん草も、最近のほうれん草とは異なって、茎がほとんどなく、縮んだ葉だけが凍った土に張り付くように育っていました……。

今回自家栽培の野菜を頂いたことで、私の心はいつしか今はなき生家の田んぼや畑に飛んでいました。

２０２０年2月15日

老いて再び児になる

ある日わが家に遊びに来ていた姪の子供Kちゃんが、私の出したお皿を目にして、「何か付いている」と言いました。それを聞いてすぐ思い出したことがありました。まだ勤めていた頃、お姑さんと同居していた同僚が、こんなことを言っていたのです。「義母が手伝ってくれるのはいいのだけれど、食器など洗ったあとでも、汚れが落ちてないこともよくあるのよ」と。

私も「老い」からくる様々な弊害を日々自覚するようになりました。洗い物などは視力が落ちているので、なるべく見落としがないように気をつけてはいるのですが、Kちゃんに指摘されるようになりました。また、袖口に付いたご飯粒が、からからに乾いて硬くなるまで、気がつかないで着ていたこともあります。

ふと、佐藤春夫の詩の中のことばが浮かんできました。

枕の下の落ち髪を　嘆くことさえ　忘れたり

詩の内容とは関係のないことですが、「枕の下の落ち髪」といえば、毎朝、自分の枕やその周りに、白髪が落ちているのが目につくようになり、毎朝「嘆いて」います。髪を黒く染めたことがない私ですから、歳相応に白髪頭になっています。部屋を掃除すれば、掃除機の袋に溜まるゴミは白髪。雑巾がけをしても、白髪。スリッパの底にくっつくのも白髪、椅子の足カバーにも白髪……。銀髪と呼ばれることもある通り、白髪は結構光って見えるので、室内に落ちていても目立つのです。最近は、外出のときにも、洋服に白髪が付いていないかを、背の方まで鏡の前で確認してから出かけるようにしています。昨日は、証明写真が必要なので、近所の証明写真ボックスで写してきたのですが、その写真には「白髪のおばあさん」が写っていました。普段鏡で見る自分よりも、照明が当たったことで、白髪がさらに強調されて写ったのでしょうか。

分け入っても分け入っても青い山　（山頭火）
分け入っても分け入っても白髪山　（おら女）

食事のときには、食べこぼしが見られるようになりました。普段着の前側には、シミや食べ物のカスがこびりついているなど、まったく恥ずかしい限りです。子供の食べこぼしは、口が小さい、噛み切れない、手をうまく動かせない、食事に集中できない、などが原因だそうですが、大人の私の場合には、「老い」しか考えられません。老いによって、自分では気づかないまま、子供と同じような食事環境になっているのでしょうか。

「老いて再び児になる」ということわざを実感しつつあるこの頃です。

3月4日は私の77歳の誕生日でした。娘のいない誕生日も4度目を迎えました。今年も、生前娘からもらった誕生日のカードを出して、娘の遺影の前に飾りました。花は、姪から、娘バルの好きなバラや蘭の花を頂き、飾りました。

Kちゃんは、手製の「思い出日記：楽しかった事、いろいろな事」をプレゼントしてくれました。そこには、不登校だった1年間の「心境」が描かれていました。

「ある日ブログに自分のことが……。そのときの心境は複雑だった……」という箇所を読んで、Kちゃんが自分のスマホで、私のブログまで読んでいたことに驚きました。「いくちゃん（私）が支えてくれたおかげで、もう四年生に。いつもありがとう」で、日記は終っていました。

私こそ、Kちゃんに教えてもらうことがあり、Kちゃんと遊んでいると心が和むことにも気づいています。姪に「Kちゃんはいつまで私と遊んでくれるかなあ」と言ったら「意外に長いかも」という返事が返ってきました。

最近は、Kちゃんと仲良しの男の子からも「一緒に遊ばない？」と声をかけられることもあります。最初は驚きましたが、私がKちゃんの友達（？）だから、仲間だと思っているのかなあと、嬉しくも思いました。遊び仲間に歳の差は関係ないのか、それとも老いて再び児になっている私が、子供の純な目にははっきりと見えているのか……。

２０２０年3月28日

ワイヤレスマウス

同じメーカーの同じシリーズと思い、選んだパソコンですが、付属のマウスがワイヤレスでした。ひも付き（?）ではなくなったので、パソコンの周りもなんとなくすっきりした感じです。それに、新しいパソコンは機能がアップしていて使い勝手も良く、嬉しくて、毎日朝9時から夜の9時ぐらいまで、食事と散歩以外には、だいたいパソコンの前に座っていました。新しい玩具を買ってもらった子供と同じですね。

それが、1週間ほど過ぎた頃、突然マウスが動かなくなったのです。あわてて以前のひも付きマウスに変え、ネットでワイヤレスマウスの故障について調べて、指示通りにやってはみましたが、動きません。仕方なく、その後もひも付きのマウスを使っていましたが、心の中では、「なんでこんなに早くダメになるの?」と嘆きつつ。

数日後、水を届けに来てくれた姪に、マウスが動かなくなったことを話すと、

「電池切れじゃないの？」とのこと。「まさか、まだ1週間ぐらいしか使ってないのに」と私。結果は電池切れでした。姪の話では、付属のマウスはマンガン電池で、裏側にスイッチがあり、使わないときには切っておかないと、あっという間に電池がなくなるということでした。そこで、少しでも長持ちするように、アルカリ乾電池に変えたのですが……。

昨年初め、一人住まいの87歳の叔母の家を何十年ぶりかに訪れたときに、「リモコンが壊れて、5年前からテレビが1局しか映らない」と叔母が言いました。同行していた姪がテレビ本体のチャンネル切り替えボタンを動かしたら、他局も映りました。「もしかして、リモコンの電池が切れているのでは？」ということで、電池を変えたら問題解決。「これで好きな番組が見られる」と叔母も大喜びでした。

今回のマウスの「電池切れ」は、気づかない点では、叔母の状況と同じようなものです。叔母は87歳ですが、私は77歳。5年も気がつかなかった叔母に比べて、私は十日ばかりで解決したのですが、どちらの問題も、若い姪の登場によって即解決したのは、年齢差と思っていいのかな、と思いました。年齢差の意味するところは、叔母や私たちの時代と異なって、姪の時代には、電池製品があふれていて、電池の知識も経験も豊富なので、当たり前に即解決に至ったのではということです。

それにしても、使用する機器によって、電池の消耗がこんなに早いものもあるなど、思ってもみませんでした。77年生きていても、毎日が学びの日々なのですね。

結局、アルカリ電池に変えてもひと月と持たなかったので、私の新しいパソコンはひも付きの古いマウスに落ち着きました。

ハエトリグモの生態

昨年の9月、わが家に新しいクモがやってきました。妹の家にいた「チャスジハエトリ」という家グモを、妹が捕まえてきてくれたのです。以前わが家に住んでいたのは、アダンソンハエトリグモという黒っぽいクモでしたが、今度のクモは茶色で小さなクモです。2種類のクモと同居してみて気づいたことがあります。

以前のアダンソンハエトリグモという黒っぽいクモは、クモの巣を張らないので、エサを求めて壁や天井を歩いていました。私がテーブルに座っていると、そばまで寄って来て、逃げようともしませんでした。いつも姿を見ていると親しみも湧き、

「あ、いるなあ」と、なんとなく安心もしていました。

ところが、昨年妹が連れてきたチャスジハエトリグモは、わが家に来てから、一度も姿を見せていないのです。それでも、家具の隙間などに小さなクモの巣を張っているので、わが家に住んではいるのです。クモの巣にエサが引っかかるのを待つ習性のようです。それに、粘液（?）でしっかり固めた5～10㎜ぐらいの細長いごみも、時々あちこちに落ちているのですが、以前はなかったことですので、これも姿なきチャスジハエトリの仕事だと思います。ということは、私は姿を見ていないのですが、案外歩き回っているのかもしれません。

同じ家グモでも、こんなに違う生き方をするとは驚きでした。私は、どちらかといえば、姿の見えるアダンソンハエトリグモの方が、好みと思いました。姿が見える方が存在感もあり、見れば言葉もかける気にもなります。心の中の娘に話しかける毎日ですが、姿の見えるものにも話しかけることができれば、一人住まいの私の心の寂しさが少しは和らぐというものです。

２０２０年７月11日

観《み》る将《しょう》

テレビで、毎日のようにプロの麻雀試合を見ているのですが、時々、タッチを間違えてすぐ隣の将棋の番組を映すことがあります。将棋盤を挟んで、棋士がじっと将棋盤を見つめたまま、動きのない場面が続くのを目にしたときには、興味も湧かないままに、また麻雀に切り替えていました。

ところがあるとき、藤井聡太七段の試合の最後の数分の場面に出会い、目が離せなくなりました。画面にはＡＩ（人口知能）の勝率（評価値）が出ているのですが、それが、たった一手で逆転したのです。なぜその一手で逆転したのかは、まったく分かりませんが、とにかく勝率の変化で、どちらが優勢かを知ることができるので、見ていて面白いと思いました。それに、画面にはＡＩにより次の候補手ベスト5も表示されるので、対局者が最善手を打つことができるかどうかにも興味が湧きました。

まだ小学生の頃、将棋好きの祖父が教えてくれて、年子の弟とよく将棋をしていました。ある日、縁側で将棋をしていて、けんかになりました。それを、外から帰ってきた祖父が目にして「けんかの元になるものはいらない」と将棋盤を隠してしまったのです。それ以後、家で将棋盤を目にしたことはありません。榧の木でできた、厚みのある立派な将棋盤でした。

上京し、狭いアパート暮らしでも、いつからか麻雀パイと将棋盤と駒が揃っていました。私の上京後、10年ぐらいして、従弟たちが大学進学のために上京してきました。東京近郊に住んでいる従弟も都内の大学に通っていたので、私のところに集まって、従弟麻雀をするようになりました。将棋好きの祖父の孫であるせいか、従弟たちは将棋も好きでした。ときには私の職場の将棋好きの若手の先生も来て、将棋のうまい従弟と指したりもしていました。麻雀を覚えてからの私は、将棋には興味がなくなり、従弟たちが指すのを眺めているだけでした。

その後、藤井七段の王位、棋聖と、タイトル戦が続き、それを観ていました。とは言っても、私が観るのは試合の最後の10分を切ってからです。終わり時間が迫っているときの戦いは、一手ごとに勝率が大きく変わることもあり、その瞬間を観たい一心で待っているのです。そして投了の瞬間に、負けを認めた対局者が「負けました」あるいは「参りました」と言いながら頭を下げる、その瞬間にもなぜか興味をそそられたのです。

私のような将棋ファン（？）を「観る将」ということも初めて知りました。最近の藤井ブームで、「観る将」人口が増えているのだそうです。「観る将」とは、自分では将棋を指さずに、プロ棋士などの対局の観戦を楽しむ将棋ファンのことだそうです。これからも、私の「観る将」は続くと思います。

２０２０年9月19日

卵とキウイ

私は77歳のこれまで、「生卵」を食することはほとんどありませんでした。それは、生家で鶏を飼っていたことに起因するのかもしれません。

生家では、卵を産ませるために、黒白の縞模様のプリマスロックという種類の鶏を10羽ほど飼っていました。卵を産まなくなった鶏は、祖父が絞めて捌いて鶏鍋にしていました。祖父が捌いたときに、鶏の体内に卵の黄身が何個か連なっているのを目にしていました。次に生まれる順番を待っている卵の運命を思うと、悲しかったことを思い出します。

ところが最近、生卵を食べるようになりました。これは、姪の子供Kちゃんの影響によるものです。

Kちゃんは、私の姪であるお母さんと一緒に、一週一度はわが家に遊びに来ていますが、ある時期、来るたびに卵を食べていました。生卵を、Kちゃんの好きな胚芽米のごはんにかけて食べることもあれば、生卵だけをそのまま食べるのです。「醤油もかけないの？」と聞くと、「このままがいい」と言うのです。私には考えられないことでした。でも、子供にしては美味しいものに敏感なKちゃんの好むものに、私も挑戦してみようと思い、ある日卵を割ってかき回し、恐る恐る口に入れてみました。すると、美味しかったのです。「えっ？　生卵ってこんなに美味しいものなの？」と驚きました。翌日から、毎日卵が消費されるようになりました。ただ、Kちゃんの好きな生卵は「（有機野菜の）宅配サービス」の平飼い卵だけです。姪が市販の卵を出しても、Kちゃんは箸を付けないので、「卵のにおいが違うのかしら?」と姪は不思議がっていました。私もまだ、市販の卵は試食していません。

私の昼食は毎日麺類なのですが、どんな麺にでも生卵を付けて食べるようになりました。例えば、もり蕎麦だと、つゆに浸してから溶かした卵にも浸して食べます。私だけの楽しみだと思っていましたら、ネットで美味しい蕎麦屋を検索していたときに、蕎麦屋でも、この方法で食べることができる店があったのには、思わずにんまり。

せっかく毎日食べるのだから、卵の栄養面も知っておこうと思い、調べてみました。すると、食物繊維とビタミンC以外のすべての栄養素を含んでいることが分かりました。嬉しいことです。最近は、卵の成分を利用した様々なサプリメントも出回っていて、卵の存在感が増してきているようです。

こんなに美味しくて栄養価の高いものを食べるきっかけを与えてくれたKちゃんに感謝。

そして次にキウイ（サンゴールドキウイ）です。

キウイは酸味があって、私の好みの味に近いのですが、それでも毎日食べるようになったのは、栄養価が高いことが分かったからです。

キウイは栄養成分も多いそうですが、特に、ビタミンCはレモン8個分以上、食物繊維はバナナ3本分で水溶性も不溶性もあり、と知っては、これはもう食べない理由はありません。

卵にない栄養素のビタミンCと食物繊維が、キウイにはたくさんあるのです。キウイ1個と卵1個で、一日に必要な栄養素（必要量は別）をほとんど摂ることができるのです。

それにしても、娘の食事療法のときに、もしキウイにこんなにビタミンCがあることを知っていたなら、レモンの端境期に苦労することもなかったのにと、いまさらながら悔やまれます。

近況あれこれ

祥月命日

今日は娘の祥月命日です。昨日、娘の友達だった方から花が届きました。丸の内で娘と職場が近所だったことから知り合った方で、毎年娘の命日に花を届けてくださいます。

それから、娘が亡くなる1年前の今頃、「緑が見たい」という娘を車で迎えに来てくださって、郊外の自宅で、秋の実りの庭を見せてくださった方から、庭で収穫した柿とミカンと野菜を送っていただきました。あのとき、娘と一緒に眺めた庭は、私の心に焼き付いています。

娘が、私の心の中だけではなく、他の方の心の中にも生き続けていることを思うだけで、感謝の気持ちでいっぱいです。ありがとうございます。

もう4年も過ぎたというのに、今でもドアを開けて「ただいま!」と玄関に立つ娘の姿が思い浮かびます。

２０２０年10月18日

麻雀の外野

大学に勤めていた頃、勤務が終わってから、休憩室でよく麻雀をしていました。女性は私だけ。そこに後ろからゲームを覗いて「バカ、お前頭悪い！」などとののしる、うるさい外野がいました。事務部門の上司の一人でした。私は、教えてもらった方が得だと思っていましたから、何を言われても気にもしませんでしたが、言われるのが嫌で逃げ出す人もいました。図書館勤務の私は、事務の上司とは仕事では直接関係がなかったのですが、厳しい上司と聞いていました。大学紛争の激しい頃には、彼は木刀を片手に、厳しい顔つきで学部の周囲を見回ってもいるなど、他の職員とはどこか異質な印象を受けてもいました。

大学では大きな看板の需要がしばしばあります。あるとき、彼が看板の字を書いているところに出くわし、目が離せなくなって、立ち止まって見ていました。習字で書き慣れた立派な字ではなく、同じ立派な字でも、個性が感じられる字だと思いました。

この上司、頭が切れるうえに字もうまかったのです。それで彼に興味を持ち、同僚に聞いてみました。彼は美学出身でした。

「美学」は、一般にはあまりなじみのない分野ですが、ごく簡単に言えば「美を考察する学問」とでもいうのでしょうか。

美学出身と聞いて、納得する部分もありましたが、なぜ彼が大学の事務部門にいるのかは、誰に聞いても知ることができませんでした。

この上司は、当時の学部長が総長になったときに、総長の秘書課長として総長室に移りました。総長室など、一介の職員には縁のないところなので、会うこともないと思っていたのですが、ある日、図書館で仕事中に「総長室から電話です」と言われ、電話に出ると、秘書課長の彼からで、調べものの依頼でした。どうして私に?と思ったのですが、調べ事は司書の仕事でもありますし、専門外の調べでも、自分の勉強になりますから引き受けました。その後、彼が秘書課長在任の間、何度か依頼を受けました。依頼されたすべての事項に回答しました。彼はいつも「ありがとう」と一言。

あるとき、本郷の居酒屋でひとり飲んでいる彼の姿を目にしました。私が挨拶をしようと近づくと「お前か、早く帰れ。これ以上そばにいると危険だよ」と、普段厳しい顔つきの彼が、酔いのせいもあるのか、優しい笑顔でそう言ったのです。酒の席での、とかくうわさのあった彼の、私に対する気遣いだったと思います。

もう一人外野がおりました。当時の事務長です。彼は勤務時間が終わると、そのまま事務長室で執筆に専念していました。学生の就職相談も担当していましたので、関連する執筆依頼も多く、本も数冊出していたと思います。その事務長の原稿を初めて目にしたときには、びっくりしました。彼、筆は立っても、編集者泣かせなほどの癖字の主だったのです。

その彼が、執筆の息抜きに休憩室にやってきて、麻雀中の私たちをちょっとからかうのです。私にはいつも「今日も女ひとりで頑張っているね」と言います。

あるとき、私に、「収入は一つだけでなく、もう一つあれば、心にも経済的にも余裕のある生活が送れるようになると思うよ」と話してくれたことがありました。

その言葉が心の片隅に残っていたせいか、学部の先生の紹介で、予備校（夜間）の国語の教師を数年勤めたことがありました。その後も、とにかく給料以外の収入の道を探っては、あれこれ手を出していました。そのおかげか、彼の言葉通り、なんとか経済的な心配なく過ごしています。

事務長は、執筆で得た収入で何度か飲みに連れて行ってくれました。本郷の裏通りの、人が3人も入ればいっぱいというような狭いバーや、昼でもお酒が飲める店としても知られている、神保町の喫茶店「ラドリオ」などです。

職場のトップと私的に飲みにいくことは、私にとっては日常の流れの一端に過ぎなかったのですが、それでも同僚にも一言も話したことはありません。私は話題豊富な彼との、楽しくて知識欲を満たしてくれる時間を、失いたくなかったのです。

今回、このブログを書くにあたって、事務長のことを調べて驚きました。彼の祖父は男爵で、明治期に官僚として、そして帝国議会発足とともに貴族院議員として活躍した人だと知りました。彼は、自分個人のことは話したことがなかったので、私は知りませんでした。職場の同僚も知らなかったと思います。以前、ブログ「教官編」で哲学の斎藤忍随先生の思い出を綴り、「本当に偉い人は偉ぶらない」という言葉で締めましたが、ここにも、「本当に偉い人は偉ぶらない」人がいたのです。

その後、定年を迎えた事務長は、都内の大学の教授として再就職しましたが、間もなく病死。私の尊敬する数少ない上司の一人です。

大学に60歳の定年まで勤めたことで、いろいろな人たちとの交流を通して、多くのことを学ぶことができました。特に、公務員としての出発から十数年を、上記二人の上司のもとで働くことができた私は、幸運だったと思います。ちなみに、私が図書館司書として公務員生活を送ることができたのは、上記事務長の勧めと配慮のおかげでした。

勤務時間外の場所での、麻雀の外野としての始まりから、私を信用し、間違いの許されない調査を命じてくださった事務部門の上司。「図書館の方が向いている、司書の資格を取りなさい」と何度も説得してくださった事務長。終生忘れることはありません。多謝。

２０２０年11月18日

漢字は、覚え違いも読み間違いも当たり前

あるところで、漢字を読めなかった議員のことが話題になっていました。私は、時代劇以外はほとんどテレビを見ないので、首相が交代したことも知らないでいたほどです。ましてや、一議員の漢字読み間違いが話題になっていることなど、知る由もありません。

それでも、「漢字の読み」については、もともと関心があったので、帰宅してから、その議員が読み間違えたといわれている漢字をネットで調べてみました。

（1）怪我―かいが　（2）完遂―かんつい　（3）焦眉―しゅうび
（4）順風満帆―じゅんぷうまんぽ　（5）措置―しょち　（6）思惑―しわく
（7）低迷―ていまい　（8）破綻―はじょう　（9）頻繁―はんざつ
（10）踏襲―ふしゅう　（11）前場―まえば　（12）未曾有―みぞゆう
（13）有無―ゆうむ　（14）詳細―ようさい

これらの漢字のほとんどは、普段言葉として、誰でも使ったおぼえがあることと思います。でも、言葉として使ってはいても、いざ漢字で書けと言われて書ける人は、そう多くはいないと思います。

読みの方も、読み間違い易い漢字が多く、読み間違えたからといって「漢字が読めない人」と、一括りにするとしたら、日本国民の多くが「漢字が読めない人」となってしまうのではないか、と思いました。そうなれば（大げさに言えば）日本の教育界をも巻き込む大きな問題となってしまうのではないかとも思いました。

あるとき、習い事で知り合った50代の人に、「図書館の仕事をしていたと聞きましたが、本の貸し出しですか？」と聞かれました。図書館といえば町の図書館以外、利用したことのない人にとっては、そう思うのは自然だと思います。でも、町の図書館であっても、貸出業務に至るまでの本の流れには、見えない部分に多くの仕事が存在しているのです。

大学図書館の司書として、私が担当していたのは目録作成です。カタロガー（cataloger）と呼ばれている、仕事人です。

在職中に、勤務先での図書館月報に、「読み」について私の書いたものが載ったことがあったので、読み返してみました。検索手段としての書名、著者名、地名などの「読み」の正確度を高めるために日々苦労と努力を重ねている様子が窺われ、懐かしく思いました。

仕事で「読み」の力を鍛えた（？）私でさえも、読み間違えることがたくさんあります。それは、私個人の力不足もさることながら、漢字があまりにも多いことに原因があるのではないか、あるいは日本語の表記システムが持つ複雑さによるものではないか……。などと考えていたら、ブログなどで軽々しく扱う問題ではないのかもしれない、というところに落ち着きました。

何十年も仕事で利用していた「大漢和辞典（諸橋轍次編）」（大修館書店）には、親漢字5万余字、熟語53万余語収録されています。その漢字一字の読みが呉音、漢音、慣用音などがあり、それに国字や、言葉に漢字を当てはめたものなどを含めれば、数えきれないほどの「読み」が存在することになります。それに、読めなくて当たり前のような地名や氏名の存在。

議員の国会答弁では、他人の作成した文を読むのですから、読み間違えがあったとしても不思議ではありません。一議員がいくつかの漢字を覚え違えていたか、あるいは読み間違えたからといって、笑ったりバカにしたりする人がいたら、それは自身を笑っていることにもなりかねないのでは?とここまで考えてふと浮かんだ言葉が「目くそ鼻くそを笑う」でしたので、思わず笑ってしまいました。こんなことわざしか浮かんでこない、自分を笑ったのです。

２０２０年12月５日

2021

Kちゃんの台本

新学期が始まり、三年次、四年次と不登校を余儀なくされた姪の子供Kちゃんも五年生に進級しました。

そのKちゃんが小学生になった頃から好きだった遊びは「お医者さんごっこ」でした。

二年生のいつ頃からか、近所に住んでいるKちゃんが、一人でわが家に遊びにくるようになりました。定期的に姪が焼いてくれる、全粒粉パンを届けてくれるのもKちゃんです。あるときから、「お母さんは一緒に来ないで」と、Kちゃんが言い、一人で来るようになりました。三年生になってからは、不登校が始まったこともあって、週1回は来宅していました。

一人で来るのはKちゃんには目的があったのです。お母さんが一緒だと、私と遊べないからです。Kちゃんは私と「お医者さんごっこ」で遊びたいのです。

いつも、届け物の他に、大きなバッグに遊び道具を入れて運んできます。「お医者さんごっこ」に必要な、いろいろな物を持ってくるのです。例えば、体温計。これはわが家にもあるのですが、反応が遅いと言って、Kちゃんはわざわざ自宅から持ってきます。それから、患者が入院中の食事を作る道具や、食事を出す皿小鉢と料理のミニチュア。点滴（に見える）道具や注射器代わりのペン。手作り問診票。伸縮包帯など。それに、わが家のパソコン、血圧計、電気スタンド、拡大鏡なども加わります。最近は本物の聴診器も加わりました。医療に従事している知人が、Kちゃんのためにと、まだ使えるものを持ってきてくれたのです。Kちゃんは初めて自分の心臓の音を聞いて興味津々でした。

「お医者さんごっこ」の遊び方は、ダイニングテーブルに置かれたパソコンの前の、椅子に座った先生役のKちゃんが、ダイニングのドアの外に待機している、患者役の私を呼ぶことから始まります。問診になると、パソコンに打ち込む（ふりをする）Kちゃんの手つきは鮮やかなものです。問診のときに、私が余計なことを言うので時間ばかり食ってしまい、Kちゃんの思い通りには進みません。Kちゃんは「本当のことばかり言わないで、入院・手術までいくようにして」と毎回私に言います。

そしてある日、Kちゃんはなんと「お医者さんごっこ」の台本を作って持ってきたのです。「この通りに言って」と言われて台本を見ると、そこには手術・入院に至るまでの医者と患者の会話が書いてありました。

その日、台本通りに進めると、入院まであっという間に進みました。そして、自分の家から運んできたミニチュアの道具類を、ほとんど使うことができたKちゃんは、とても満足そうでした。

Kちゃんの、思ったことを書き表す能力に感心しました。Kちゃん、いつまで私と遊んでくれるのかな……。

三年生、四年生のほとんどを、不登校で終わったKちゃんですが、五年生になって、担任も変わり、クラスの入れ替えもあったことを姪から聞いて、私も、今年こそ、教室で授業が受けられるのではないか、と期待していました。しかしながら、そう簡単に片付くものでもなく、結果は、保健室登校ということでした。それでも、少しだけ教室にも入れる時間があるとのことですから期待がもてます。

そのKちゃんが先週来宅したときに、私に贈りもの、と小さな包みをくれました。開いてみると、中身はお茶でした。「季節限定　桜煎茶」で、さっそく淹れて飲んでみました。香りにも味にも桜が感じられました。お茶好きのKちゃんらしい贈りもの、と思いました。ありがとうKちゃん、自分のことで心痛めていると思うのに、私にまで気を配ってくれて。

近況あれこれ

母の日のカーネーションはバラの花

5月に入ってからのある日、近所の花屋さんの前を通ると、いつもとはまったく異なった華やかな雰囲気に、私は、何事かと立ち止まって眺めてしまいました。店のほとんどがカーネーションでいっぱいだったのです。そうか、今年も母の日が近づいたのか、と思うと、ふと寂しさに襲われました。

娘バルが亡くなってから5年になります。毎年母の日にはカーネーションではなく、深紅のバラを私に贈ってくれました。入院の直前にも、治療を受けに行った日に、病院の花屋さんに頼んでいたというバラが届いたのを、昨日のように思い出します。娘からの、最後の母の日のバラでした。

寂しい気持ちで帰宅し、娘を思い出しながら片付けをしていたところに、荷物が届きました。茜ちゃんからでした。「おかあさんいつもありがとうございます」というカードとともに、深紅のバラが届いたのです。

私の心は和みました。ありがとう、茜ちゃん。病院勤めで忙しい中、気を使っていただいて。

2021年5月18日

悩みに悩んだコロナワクチン接種

悩みました。接種すべきか、せざるべきか。

接種したくなかったいちばんの理由は、副反応です。コロナそのものの感染ではなく、感染予防のワクチンを打って、副反応がひどかったり命を失ったりしたら本末転倒と思いました。有効性が100％ではないのに、リスクも0％ではないところに、理屈ではない、自分の納得できない何かがある気がして、不安や恐れに見舞われたのです。

ワクチン関係の本を何冊か読みました。ネットの記事や論文も読みました。すでに接種している病院勤めの友人何人かにも聞いてみました。しかしながら、知識が増えても、私の、接種すべきか、せざるべきかの悩みは一向に解決しませんでした。同年配の知人のほとんどは予約済と聞いても、まだ悩んでいる私。

そんなある日、定期的に薬を処方してもらっている、クリニックの医師に聞いてみました。

「ワクチンを打つ決心がつかなくて悩んでいます。先生はどう思いますか？」と。

すると、医師はこう言いました。

「打った方がいいと思います。新型コロナは、高齢者に重症者や死亡者が多いというし、接種後の罹患に対する安心感も大きい……」

すでに医療従事者として接種済みの医師の一言で、私は接種を決めました。

接種を決めてから、改めて自分の接種への流れを整理してみました。

新型コロナウイルスも、他の風邪ウイルスと同様にＡＣＥ２受容体を介して体に侵入するそうです。この受容体は子供には少なく、慢性の病気がある人や高齢者にはたくさんあるそうです。ですから、上記医師の言葉通り、高齢者は感染しやすく、初めて感染すると免疫細胞にまで感染する場合があり、そうなると重症化しやすい、ということになるようです。

そのうえ私の血液型はＡＢ型です。ＡＣＥ２受容体がウイルスを取り込むのを阻止する抗Ａ抗体を、ＡＢ型とＡ型の人は持っていないので、私の場合は、以下のような流れが考えられます。

高齢者→ウイルスを取り込むＡＣＥ２受容体多い→ＡＢ型なのでそれを阻止する

抗A抗体を持っていない→感染し易いし、重症化のリスクもある。流れから導かれる答えはワクチン接種しかありません。そこまで分かっていてどうして悩んでいたの？と思われるかもしれません。

理屈では分かっていても、ワクチン接種を悩んだ原因は、理屈ではなく、単に私の「未知の物に対する心の不安や恐れ」であったのではないかと思います。その恐れを振り払ってくれる何かが私には必要だったのです。それが、信頼する医師の一言でした。

接種を決めたからには、申し込みです。私の住んでいる区では、一般の病院や個人医院でも接種できるということでしたので、胃のピロリ菌の除菌や、ノロウイルスで下痢が止まらないときに何度か掛かった胃腸内科の個人クリニックに出向きました。そして、その日のうちに、1回目と2回目の接種の日程も決まり一安心。

その後、ワクチン接種1回目終了。ほっとしているところです。心配していた副反応はまったく起こりませんでした。筋肉注射も、打った感覚もなく終わっていて、「注射が上手」と評判通りの医師と思いました。あんなに副反応を恐れていた自分はどこへ消えてしまったのでしょうか。

血中ビタミンD濃度が19・8ng／mℓしかなく、ビタミンD欠乏だった私が、錠剤のビタミンDを呑み始めたのが今年の3月末です。3か月服用し、その結果を知りたくて血中濃度を再検査してもらいました。なんと53・9ng／mℓと、大幅に改善していました。免疫機能を調節する働きがあるとされているビタミンDをきちんと摂取したことで、副反応も抑えられたのかなあ……などと勝手に思っているところです。

近況あれこれ

最近読んだ本

5月から6月にかけて読んだ本が64冊。そのうち、新しいことを学ぶことができた本は以下の通り。

『WHAT IS LIFE？ 生命とは何か』（ポール・ナース著　ダイヤモンド社　2021刊）

『たたかう免疫　人体VSウイルス真の主役』（NHKスペシャル取材班著　講談社　2021刊）

『寿命遺伝子　なぜ老いるのか　何が長寿を導くのか』（森望著　講談社　2021刊）

『明治を生きた男装の女医　高橋瑞物語』
（田中ひかる著　中央公論新社　２０２０刊）
『日本史を動かした女性たち』（北川智子著　ポプラ社　２０２１刊）
『潜匠　遺体引き上げダイバーの見た光景』（矢田海里著　柏書房　２０２１刊）

時代小説の中では、

『虫の知らせ　鳥兜のお咲』（松田美智子著　朝日新聞出版　２００９刊）が面白かった。

「医師の娘清乃には人体に棲む9種類の虫が見え、会話することができる。その力で連続毒殺事件を解決する」という話ですが、人体に棲む虫に光を当てたところに、面白さとユニークさを感じました。私が知っているのは回虫だけです。虫下しを飲んで出てくる細長い気持ちの悪い虫の印象しかありませんでしたが、この小説を読んでからは、回虫への印象が少し変わりました。もっとも、回虫を含む寄生虫はアレルギー反応を抑制する効果があるということで、最近は嫌われ者から脱却しつつあるようですが……。

２０２１年7月18日

２８９《にーはちきゅう》（個人伝記）

私は「２８９」（日本十進分類法：２８９個人伝記）が好きです。小学生の頃、図書室で借りて読んだ1冊が「野口英世」の伝記でした。その生き方に興味を持ってから、自伝・他伝を好んで読むようになりました。

退職後に利用している近所の公共図書館には、伝記物は少ないので、２８９の書架にはほとんど寄らないのですが、久しぶりに立ち寄ってみましたら、興味を惹く本が1冊ありました。

『明治を生きた男装の女医　高橋瑞物語』（田中ひかる著　中央公論新社　２０２０刊）です。

高橋瑞《たかはしみず》（１８５２〜１９２７年）は産婦人科の医師で、荻野吟子、生沢クノに次ぐ、日本で第3号の公許女性医師です。

明治時代、女性は医者になれなかったのですね。医者になるための試験（医術開業試験）は男性しか受けることができず、受験のために通わなければならない医学校は、女性の入学を禁止。

瑞は、女性が自活することの難しい当時、手に職を付けることを考え、産婆になります。でも、産婆では救いきれない命があることを痛感し、医者を志します。そして、産婆仲間たちと連れだって、試験を管轄する内務省に出かけ、女子にも受験を許可してほしいと請願しますが、かなえられません。

同じ頃、のちに女性医師第1号となる荻野吟子や、第2号となる生沢クノも、受験の請願を行っており、彼女たちの立て続けの請願が功を奏し、1884（明治17）年、内務省は女子の受験を許可します。

瑞は医術開業試験受験のために学ぶ医学校にも、女性の入学を認めさせ、何とか入学を許可されますが、女性へのいじめと、自身の貧困に苦しみます。それでも頑張りぬき医術開業試験に合格、開業します。その後も借金をしてドイツに留学したり、帰国後医院を再開してからは、お産で失われる命を救うために「産科に限り貧窮者無償施療」を行ったりしました。

死にあたっては、瑞は献体するとともに、自分の遺骨で骨格標本を作るように遺言しました。これには、医学校では骨格標本さえ男子が独占し、女子学生にはなかなか見せてもらえなかったことへの思いがあるようです。生涯と、遺体までを女性医師への道に捧げた瑞……。

近代の女医が誕生してから135年。現在、医療現場で活躍する女性医師は、7万人を超えているそうです。

瑞の伝記からも、多くのことを学ばせてもらいました。私にとっては、いくつになっても、289（個人伝記）は様々なことを学べる、万能教科書のようなものです。

近況あれこれ

娘の59歳の誕生日

今日9月19日は、娘バルの59歳の誕生日です。5年前の生前最後の誕生日には、緩和ケア病棟の部屋で、昼は茜ちゃんの旦那様の孫さんの中国料理、夜はブラジル人の友達のお母さんのブラジル料理で乾杯。その翌日から、バルは少しずつ衰えていきました。

「バル、バルの好きなひまわりの花と、ウバ（ブドウ）だよ、ビールもあるよ。出てきて頂戴、ママエは驚かないから」

２０２１年９月19日

ビタミンDの働きを、78歳まで知らなかった私

血中ビタミンＤ濃度が19・８ng／㎖しかなく、ビタミンＤ欠乏だった私が、市販のビタミンＤ（錠剤）を呑み始めたのが今年の３月末です。３か月服用し、その結果を知りたくて血中濃度を再検査してもらいました。なんと53・９ng／㎖と、大幅に改善していました。

免疫機能を調節する働きがあるとされているビタミンＤをきちんと摂取したことで、ワクチンの副反応も抑えられたのかなあ……などと勝手に思っているところです。

私がビタミンＤに関心を持ったきっかけは、「血中ビタミンＤ濃度が30ng／㎖以上

の人はほとんどコロナウイルスに感染せず重症化しない」(「ビタミンDが不足すると新型コロナウイルス感染症が重症になる」菊池中央病院　中川義久）という記事を読んでからです。

これまで、ビタミンDにはほとんど関心を向けたことがありませんでした。その理由は、日光に当たることによって、体内で生成することができると思っていたからです。それが、「年齢が高くなると、皮膚に含まれるビタミンD前駆体の量が少なくなり、そのためにせっかく日光に当たってもビタミンDをつくりにくくなっています」（『ビタミンD革命』ソラム・カルサ著）ということを知ったのです。何人かの人に聞いてみましたが、このことを知っている人は皆無でした。

日光が当てにならないとしたら、あとは食品から、ということになりますが、肉類にはない、野菜にもない、主に魚介類と卵類、菌類（きのこ）などに含まれているだけなのです。これでは、ビタミンD不足はまぬがれません。日本国民の7割がビタミンD不足といわれているのも納得がいきます。

そこで私は、自分の血中ビタミンD濃度を知りたいと思いました。その結果、

19・8ng／mℓと、私の血中ビタミンD濃度も低かったのです。

ビタミンD摂取は呼吸器感染症を予防することや、ビタミンDが欠乏すると、カルシウムが不足になり、私たち高齢者の場合は、骨粗鬆症になりやすくなる、ということも分かりました。また、ビタミンDの摂取量が多いほど脚の運動機能が改善し、転倒リスクが低くなるという研究報告も読みましたので、ビタミンDサプリを購入、摂取開始したのです。一日1粒で、ビタミンD_3が25μg／mℓ摂取できます。3か月後に血中ビタミンD濃度を検査したら、53・9ng／mℓと、大幅に改善していたのです。

さて、ここからが、冒頭の、「免疫機能を調節する働きがあるとされているビタミンDをきちんと摂取したことで、副反応も抑えられたのかなあ……などと勝手に思っているところです」の、「勝手」が、私のブログを読んで、ビタミンDをサプリで摂り始めた人たちから、いくつか聞こえてきているのです。

最近、その「勝手」な思いを後押ししてくれるような、こんな記事も目にしました。

「ワクチン接種や感染後に、再感染や重症化が起こりにくいのは、免疫系の細胞が病原体の特徴を覚え、同じ病原体が体内に入ってきた際に素早くその病原体を攻撃する抗体をつくるからだ。病原体の特徴の記憶に重要な役割を果たすのは『メモリーB細胞』。ビタミンDによって活性化された免疫反応によって、メモリーB細胞がより多くつくられることが分かった。（福山英啓著『ビタミンDで高効果の新型コロナウイルスワクチン開発』理化学研究所　2021年7月19日付記事）」

つまり、ビタミンDをきちんと摂っていれば、ワクチンの効力も増すということになる、ということかもね。

最近、ある番組を予約しようとして、BS朝日の番組表で探しているときに、目につくいたのが「家庭の医学スペシャル」でした。健康寿命を延ばす二つの老化ストップ方法……に興味を抱き、録画。その後再生して驚きました。健康寿命を延ばす二つの老化ストップ法の、一つはサーチュイン遺伝子の活性化、もう一つがビタミンDだったのです。認知機能と足腰の衰えの、低下予防&改善の栄養素として、ビタミンDを取り上げていたのです。世界中から、その予防効果が報告されているそうです。

また、近年の研究で多様な作用が分かってきたそうです。乳がん細胞へのビタミンDの影響を研究していることも紹介されていました。乳がん細胞にビタミンDを投与し、細胞内に侵入させると、96時間後にはほとんど死滅しているそうです。まだ細胞レベルだそうですが、今後人に対する予防効果も期待されているようです。

私の娘は乳がんで亡くなりましたが、もしも、闘病中にビタミンDの働きを知っていたなら……と思うと、悔しくて、悔しくて、悔やみきれません。

ビタミンDの働きを、78歳まで知らなかった私。コロナ騒動から、こんなに大事なことを学ぶなんて思ってもみなかったことです。

参照：1mg＝1000μg（マイクログラム）＝1000000ng（ナノグラム）

参考文献　『ビタミンD革命　日光の恵み　ビタミンDの力』ソラム・カルサ著　池田治彦訳　バベルプレス　2010刊）

2021年11月18日

2022

仏縁：瀬戸内寂聴さんの思い出

瀬戸内寂聴さんが11月9日に亡くなったというネットの記事を目にした瞬間、日の当たる寂庵の縁側でのひと時を思い出しました。瀬戸内さんの99年の生涯からは、私などとは一瞬の出会いであったともいえる、遠い日々の思い出を綴ってみたいと思います。

瀬戸内さんとの出会い

何げなく本屋で求めた『夏の終り』を読んで、私はすっかり瀬戸内文学に魅せられてしまいました。それ以来、ファンとしての熱が募り、活字を通してばかりではなく、瀬戸内晴美さんの口からじかに、文学論なり人生論なりを聞きたいと思っていました。

それから間もなく、ある文学会主催の、講演会の講師の一人として、瀬戸内さんの名前を新聞で目にしたのです。

講演会当日、あまり広くない会場は、瀬戸内ファンでいっぱいでした。瀬戸内さんは、珍しく地味な洋服姿で、椅子のない部屋の床に腰を下ろし、無遠慮な目つきで周囲を見回しながら、語り続けていました。その夜の話は、最近作『余白の春』(昭和47年刊)の主人公、金子文子が中心でした。

瀬戸内さんの話が一通り終わり、何人かが質問に立ちましたが、まるで申し合わせでもしていたように、「私は瀬戸内さんの本をあまり読んでいないのですが……」と口をきるものですから、瀬戸内さんは少々腹を立て、「私の話を聞きにくるのだったら、私の作品くらいちゃんと読んでくるのが礼儀でしょう……」というようなことを言いました。そのときの瀬戸内さんの歯に衣着せぬ言い方に共感しました。

私は、以前から読みたくても手に入らない、初期の作品集について、再出版の可能性の有無、在庫等について聞いてみました。すると瀬戸内さんは、出版の予定はなく、「私のところにも1冊しかないが、読みたいのなら貸してあげます」とのこと。

それから1か月位たったある日、私は本郷に住んでいる瀬戸内さんのところに、初期の短編集『白い手袋の記憶』(1957刊)を借りに行きました。著作者から直接その著作を借りて読める自分を、読者冥利に尽きると思いました。

11月、瀬戸内さんは得度受戒。

その年の暮れに、私は様々な思いを込めた賀状を瀬戸内さんに出しました。年が明けて10日目、本郷に出した賀状が、すでに京都に引っ越していた瀬戸内さんに届き、返事を下さったのです。

3月に入って、上京した瀬戸内さんと初めて向き合って話をする機会に恵まれました。髪をそり落とした瀬戸内さんは、実に清々しく、そして若々しかった。最初すっかり上がっていた私も、聞き上手と提唱のある瀬戸内さんの話術に引き込まれていました。2時間余りがあっという間に過ぎてしまい、外に出ると、いつの間にか冷たい雨が降りしきっていました。

その後、私は悪性腫瘍のため、勤務先の大学附属病院に入院し、開腹手術を受けました。初めての病と、それからくる死への不安と恐れで私の心は乱れていました。そのような日々の中で、ふと瀬戸内さんの「困ったことがあったらいつでも知らせなさい」と言った言葉を思い出し、手紙を書きました。すると、瀬戸内さんは電話を下さり、私と同じ病気にかかり、その後元気に活躍している人たちの話や、人の生き方、宗教などについて話してくださいました。瀬戸内さんの声を耳にしているうちに、私の心の乱れは少しずつ治まっていきました。

ある時瀬戸内さんの言った「私とあなたの出会いもいわば仏縁……」という言葉が、その頃の私の、ただ一つの心の支えだったのです。

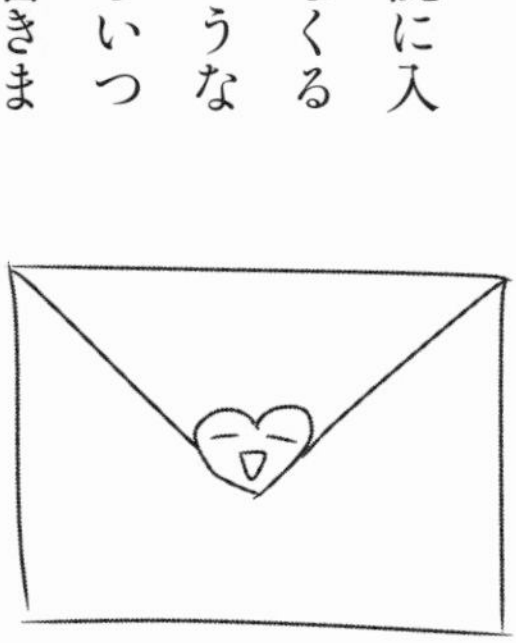

仮住まいの思い出

寂庵に移る前に、瀬戸内さんは京都の嵐山の方に仮住まいをしていましたが、そこを訪れたときのこともはっきり記憶しています。

ある出版社の編集員の方から誘っていただいて、同行させてもらったのです。仕事を終えると編集者とカメラマンの方は帰り、「泊まっていきなさい」という瀬戸内さんの言葉に甘えて、私は泊まりました。

その夜、夕飯は外で、という瀬戸内さんとタクシーで出かけました。レストランで、京都在住の女性作家の方と待ち合わせをし、その方が来てから、ワインを飲みながらのひと時となりました。話は終始文壇のことでした。私でも読んだことのある作家や、著名な作家の名前が、次から次へと出てくるので、聞いているだけでも面白いと思いました。

夕食後、その方は帰りました。瀬戸内さんは、もう一人の女性作家を訪問する旨、私に言ってから、こう付け加えました。

「彼女は、岡本かの子に熱中しているから、そっくりの姿で現れても驚かないでね」と。

折目博子さんという方でした。私の目には、写真でしか見たことのない岡本かの子そのものに見えました。

話をしているうちに、かなり遅い時間になっていたのですが、それに気づいたのは、折目さんのご主人が帰宅して挨拶に見えたからです。そして、「送ってあげなさい」と言ってくださり、京大在学中という息子さんに、瀬戸内さんの住まいまで送っていただいたのです。

折目さんのご主人は社会学者で京大の先生とのことでした。初対面にもかかわらず、親近感を覚えたのには、私の勤務先の大学の先生方にも共通する、研究者独特の雰囲気があったからかもしれません。

帰宅し、仮住まいの2階の和室に案内されて、「私の隣で」と瀬戸内さんに言われて驚きました。すぐ隣の瀬戸内さんが気になって、最初は眠れなかったのですが、瀬戸内さんの寝息を聞いているうちに、いつの間にか、朝になっていました。

寂庵での思い出

新しい住まい、寂庵に移ってから、その披露パーティーにも誘っていただきました。庭は、たくさんの招待客であふれていました。ふと座敷の中を見ますと、周囲のにぎわいを断ち切るように、一人ひっそり座っている折目博子さんを見かけました。挨拶しましたが、なぜか悲しそうな目をしていました。のちに知ったことですが、折目さんは京大在学中だった娘さんを亡くしているとのことでした。当日、瀬戸内さんと一緒に写った写真が残っています。

その後、京都大学に出張した帰りに、京都駅で乗車待ちをしていて、瀬戸内さんの声が聴きたくなって電話してみました。すると思いがけなく「寄ってらっしゃい」とのこと。チケットをキャンセルし、タクシーで寂庵に向かいました。

月末で原稿の締め切りも終わり、ほっとしたところだったということです。夕飯が終わると、瀬戸内さんは「あとは若い者同士で」と言って引き上げ、私は若いお手伝いさん二人と、にぎやかに飲み語りました。

翌日の午前、庭先から和食器の「たち吉」の従業員が訪れて、日の当たる縁側に抹茶茶碗を並べました。私もそばで眺めていると、瀬戸内さんが「あなたはどれがいい？」と私に聞くので、私が「これとこれ」と指さしますと、それを買い上げた瀬戸内さんは、「たち吉」が帰ってから、「これはあなたに」と二つのうちの一つを私に下さいました。それから、日課にしているという、写経も1枚下さいました。

瀬戸内さんは、「せっかく京都に来ているのだから、少し見学していったら？」と、いつも利用しているというタクシーを呼んで、運転手さんに「見学のあとは京都駅までね」、と言って送り出してくださいました。

実は、私は高校の修学旅行以来、京都の観光旅行には縁がなかったのです。それが、瀬戸内さんの心遣いで、思いがけなくかなえられて、なんだか心が急に豊かになったように思いました。

帰りがけに預かってきた原稿を、東京駅で出版社の編集者に渡して、私の、出張から始まった京都の旅は終わりました。

それからも、上京の際に電話を頂いたり、講演会のときに控室でお目にかかったりはしましたが、私との時間は、瀬戸内さんの99年の人生においては、ほんの一瞬の出会いであったと思います。しかしながら、私にとっては、生涯心に残る貴重な出会いであったと確信しています。

瀬戸内寂聴さん　ご縁を　ありがとうございました。

２０２２年2月18日

カラザの働きを知っていますか

私は毎日卵を2個食べます。それも生卵です。冷やし中華の具としての卵焼きや、かきたま蕎麦などでも卵は使いますから、毎週「(有機野菜の)宅配サービス」に注文する卵(平飼いたまご)は、10個入りひと箱と6個入りひと箱の計16個です。

毎日食べるたびに、卵を殻から取り出して、カラザ(卵を割ったときに卵白に混じって現れる、白いひも状のもの)を取り除くのですが、それが面倒になり、どうして取らなければいけないの?と、ある日疑問に思い調べてみました。そして、思いがけないことを学びました。

カラザは「卵黄を中央に位置し、片寄って卵角膜に接触して微生物による変質を防ぐ役わりを果たしている」のだそうです。そう、卵の中身でいちばん重要なのはカラザだったのです。カラザの働きがなかったなら、卵はあっという間に微生物にはやられるし、白身も黄身も形を保ってはいられないのです。保存もきかないのです。

そのうえ、カラザにはシアル酸が含まれており、「シアル酸は抗がん作用がある成分が多く含まれています。免疫力向上、インフルエンザ感染予防、学習能力向上、薬効の上昇（ヒアルロン酸の効果増）、育毛、抗アレルギー、抗ストレスなどが確認されています」、ということですので、これはもう食べないと大損ってことです。でも、生で食べるときには、かき回してもカラザはそのままのことが多く、飲み込むときに少し気にはなりますが……

漢字ではどう書くのかな、「殻座」だろうか、などと思いつつ調べてみましたら、カラザは日本語ではなかったのです。語源はラテン語のchalaza（霰を意味する）だと言われているそうです。さらに遡ると、ギリシア語の「khalaza」にたどり着くそうです。「殻座」あるいは「殻鎖」と書かれることもある漢字での表記は当て字だそうです。

驚きました。邪魔物扱いしていたカラザが、もしもカラザが失われたならば、卵の存在すらもなりたたないし、栄養面でも卵本体に負けないほどのものを持っているなど、知らなかったのです。

その後、周囲のいろいろな人にカラザの働きを聞いてみましたが、ほとんどの人が、働きどころか、「カラザ」という名称さえ知らなかったのです。

カラザさん、ごめんなさいね。何十年もあなたを邪魔者扱いしてきて。あなたの働きには、まったく気づきもしませんでしたし、興味も持ったことがなかったのです。でも、今は、あなたの存在に感謝しております。食べるときには「ありがとう」と言っています。

この世の中にはカラザと同じように、本当は重要な存在なのに無視されたり、邪魔者扱いされたりしている者や物が、多く存在しているのですね。残り少なくなってきたわが人生、カラザの存在で開かれた目を大切にして生きなければ……。

近況あれこれ

最近読んだ本より

『Ａｕオードリー・タン　天才ＩＴ相７つの顔』（アイリス・チュウ、鄭仲嵐著　文藝春秋　２０２２刊）

35歳でＩＴ相に就任したときから、私の興味を惹いた人物です。この本を読んで、「天才」の見本のような人だと思いました。24歳で性を変えた（男性⇒女性）ということには少し驚きました。そんなすべてを受け入れ官僚に任命する台湾という国も素晴らしい。

２０２２年7月18日

健康寿命を延ばしたい私の試み

80歳が近づいたこの頃、思うことの一つが、「寿命」です。自分がこれから先何年生きられるのか、しかも健康で、ということです。

日本人の平均寿命は以下のようです。

平均寿命：男性81歳、女性87歳

健康寿命（自立した生活を送れる寿命）：男性72歳、女性75歳

健康寿命の平均が女性75歳とは、意外に短いと思いました。私はすでに健康寿命の平均より5年長く生きていることになります。そして、これから先、私には健康寿命が何年残っているのか、言い換えれば、何年健康寿命を延ばすことができるのかが、自分にとってのいちばんの課題だと思いました。

昨年11月のブログ「ビタミンDの働きを、78歳まで知らなかった私」で、テレビ番組の「家庭の医学スペシャル」で紹介していた、健康寿命を延ばす二つの老化ストップ法の、一つがビタミンDだったことを書きました。もう一つはサーチュイン遺伝子の活性化、ということでしたので、まずは、これを試みようと思いました。

サーチュイン遺伝子とは、「老化や寿命の制御に重要な役割を果たすとされる遺伝子で、『長寿遺伝子』ともいわれている」ものだそうです。

サーチュイン遺伝子が寿命と関係があるのは、その働き（血糖値を下げるインスリンの分泌を促し、糖や脂肪の代謝をよくしたり、神経細胞を守り、記憶や行動を制御するなど）が、老化や寿命のコントロールに深く関与しているとみられているからだそうです。

では、どうしたらこの遺伝子を活性化できるのでしょうか。その答えは「空腹」だそうです。空腹のときにサーチュイン遺伝子を活性化する酵素（NAD）が増えるのだそうです。理想は、12〜15時間（16時間とも）、何も食べない時間をつくること。毎日でなくてもいいそうですので、私はひと月に4、5回は16時間空腹の日を設けることにしました。もっとも、ほとんど夕食は6時ですから、翌日の朝食が8時だと、毎日のように13、14時間は空腹状態ということになりますので、私にとっては、比較的容易な活性化方法です。

そういえば、母の夕食は5時、朝食は7時だったと思い出しました。母は病気知らずでした。94歳4か月で、亡くなる前日に具合が悪くなって翌日目覚めなかったのです。もしかしたら、サーチュイン遺伝子が目覚めていたのかもしれません。

もう一つ。娘が緩和ケア病棟に入院している間に、転移性のがんが消えました。その原因を闘病記『ホーザ』に、「がんはなぜ消えたか」という一文にして載せました。娘のがんが消えた原因として、私が思ったことは「飢餓」と「高熱」です。その「飢餓」は即ち「空腹」と言い換えることもできるとすれば、長寿遺伝子を目覚めさせる過程では、がんにダメージを与えることも考えられるのではないか、とも思いました。

「空腹」の他に、運動やカロリー制限、サプリメント（NMN）の摂取などもサーチュイン遺伝子を活性化する酵素（NAD）を増やすことができるとのことです。

健康寿命を延ばしたい私が選択し日々実行している、ビタミンDの摂取や長寿遺伝子の活性化、毎日の散歩やヨガ、食材に気をつける（米は無農薬の胚芽米）などは、方向としては間違えてはいないと確信したのは、以下の記事を読んでからです。

アメリカの一般消費者向けに遺伝学・家系学的調査を提供する民間企業アンセストリー（Ancestry）の最高科学責任者キャサリン・ボールの話「現段階では、健康寿命は個人の選択の産物と考えるのが妥当です」（MEGAN MOLTENI著『遺伝子と「長寿家系」の関連性は意外と低かった：研究結果』WIRED　2019年2月6日付記事）。

2022年7月18日

娘バルの死亡届をブラジルに届けたい思い

娘バルが亡くなってから6年目です。最近やっとブラジルの役所に娘の死亡届を受理してもらうことができ、私はほっとしました。

娘は、日本国籍を取得したときに、ブラジル国籍は失う覚悟でした。ところが、ブラジルのいろいろな人に聞いてみたら、放棄は難しいとのことで、娘はそのままにしたのです。

娘が亡くなってから、日本への死亡届けは、葬儀屋さんが即日届けてくれて済みました。ところが、ブラジルへの届けは一筋縄ではいかなかったのです。

私は、娘のためにも、何とかブラジルの、娘の育った町の役所に届けを出したい、と切に思いました。

その後の調べで、日本で亡くなった場合、領事館に届けて死亡証明書を発行してもらうことが、私の最初にやるべきことだと分かりました。

まず、届け出の書類を入手しました。書類はポルトガル語ですので、娘の友人にお願いし、教えてもらって記入しました。それに娘のパスポートや様々な書類を用意して、ある日領事館まで出向きました。

提出した書類の中に、娘の名前が異なっているものがあるということで、その日は受理してもらうことはできませんでした。

名前が異なっていたのは、日本国籍を取得してからの、日本名を記載した書類があったからです。そのことを証明するためにはどうしたらいいか、を考えました。幸い、日本国籍取得のときに、法務省に提出した書類一切のコピーを保存していた中に、名前を日本式にした娘の直筆の書類があったので、次回はそれを領事館に持参することにしました。

2019年5月17日。2度目の領事館行きは、娘のブラジル時代からの知人で、今は帰国してポルトガル語を用いたボランティア活動をしている、という方にお願いして、通訳として同行していただきました。

領事館の2度目のときの担当者は、ヨーロッパ系の女性で、娘バルが領事館に出向いて仕事をしていたときから知っている、ということでしたので、ラッキーでした。すべての手続きが終了し、死亡証明書を頂いてから、娘の闘病記『ホーザ　ブラジルからのおくりもの』を彼女にプレゼントしました。受け取った彼女は、本に載っていた娘の写真を見て涙ぐみました……。

死亡証明書は無事入手できたものの、今度は、どのようにしたらブラジルの役所に届け出ることができるか、ということで悩みました。

以前、娘の父親が亡くなったときにお世話になった、ブラジルで事務所を開いている日本人の弁護士を思い出し、彼に手紙で依頼しました。でも返事なし。

その後、日本で法的手続きの代行などを仕事にしている、スペイン系ブラジル人の女性の方を知り、連絡（2021年10月）を取りましたら、快く引き受けていただきました。彼女は、ブラジルの弁護士と連絡を取りながら、手続きを進めていきました。

こちらで準備した書類をもとに、公証人役場で公正証書を作成、ブラジルに送り、翻訳してから役所に届け出る、という手順でした。その過程で、娘バルの生前に亡くなっていた父の死亡届の届け先が不明なこと、離婚して不明だった母がすでに亡くなっていること、などが判明しました。

紆余曲折を経て、この7月にやっとブラジルの役所に娘の死亡届を受理してもらうことができました。3年を超える日数と、100万円ほどの費用（弁護士への支払い等）がかかりましたが、私の、娘バルの死亡届をブラジルに届けたい「思い」は通じました。

近況あれこれ

バルの還暦

9月19日は娘バルの60歳の誕生日です。生きていれば、還暦祝いをするところです。私の還暦のときに、バルが贈ってくれた指輪を、遺骨の前に飾りました……。

２０２２年9月19日

焼き柿、試してみました

ネットで焼き柿が話題になっていたのは、昨年秋頃だったでしょうか。柿大好きな私も、しっかり試してみたのです。

柿を店頭で見かけるようになると、「(有機野菜の)宅配サービス」のカタログにも載るので、大好きな熟し柿にするために、毎週柿を注文しますが、その1個で、焼き柿を試してみました。ネットでレシピを見てからなら、簡単にできると思うのですが、まずは自分で考えてやってみようと思いました。

柿を洗って、ヘタを取ります。ヘタは、スプーンの柄尻をヘタの下部に差し込み、「てこの原理」のようにして持ち上げるときれいに取れました。次に、柿の上部に十文字に切り目を入れてから、ヘタの部分を上にしてアルミホイルで包み、レンジのグリルで15分焼いてみました。

温かい柿、美味しかった。俗に、柿は食べると体が冷える、と言われてもいるようですが、秋から冬の季節、温かい柿が食べられるのは、老いていく私にとってもいいことかな、と思いました。

その後、切り目を入れない、アルミホイルにも包まないで、グリルで13分焼いてみたら、皮が真っ黒でも中身は美味しかった、などいろいろ試してみました。

そして、最後に試したのが、寝かせておいてすっかり熟した柿の焼き柿です。やはりアルミホイルで包み、グリルで3分焼いてみました。熱々トロトロの中身をスプーンですくって食べる、これが私にはいちばん好みの焼き柿でした。

焦げていなければ、柿の皮も食べます。北の地方では渋柿しか育たないのか、岩手の生家でも柿の木は庭に2本、畑に1本ありましたが、渋柿だけでした。干し柿にするのですが、そのときに、むいた柿の皮も「せいろ」に広げて干して、干し柿とともに、私たち子供の冬の間のおやつになりました。また、漬物などのときにも使われていました。久しぶりの皮の味、懐かしかった。

ちなみに、焼くときにはオーブンを使用。電子レンジでも試してみましたが、味や感触が異なりました。「焼く」と「温める」では違いがでるのは当たり前、ということでしょうか。


昔から、「柿が赤くなれば、医者が青くなる」と言われるほど、栄養価が高く、健康食品としては優れものだそうですが、これまで私はビタミンAとCしか知りませんでした。他にも、グルコース（低分子糖質）や、ナトリウムの排出を促進するカリウムなども豊富に含まれているそうです。

今年も9月に入ると、「（有機野菜の）宅配サービス」のカタログで目にしましたので、さっそく注文。柿の楽しみが増えました。

近況あれこれ

娘バルの6年目の祥月命日

今日10月18日は娘バルの、亡くなってから6年目の祥月命日です。年忌法要でいえば七回忌にあたるわけですが、クリスチャンの娘と、世間のしがらみにとらわれない私ですから、いつも通り静かに、心の中の娘と語り合って過ごします。

２０２２年10月18日

クモ（蜘蛛）のクラちゃん

わが家から、ペット（？）のクモの姿が見えなくなってだいぶ経ちます。

これまで、妹が捕まえてきてくれた、初代アダンソンハエトリが、長い間私を楽しませてくれたのですが、いつの間にか姿を見せなくなってしまいました。二代目としてチャスジハエトリをもらったのですが、こちらは、ほとんど姿を見せない種類と分かりました。それでも、いる気配はありましたが、ある時期から、気配がなくなりました。

どちらも家グモで、体長1㎝ほどの非常に小さな可愛らしいクモです。毒を持たないし、ハエトリとつく名前の通り、コバエやダニ、ゴキブリの子供を捕食している益虫なのです。巣を張ることもないので、わが家の同居虫としては優れものです。

そして最近、姪の家で見つけたアダンソンハエトリを、姪の子供Kちゃんがわが家に連れてきました。名前もKちゃんが「クラちゃん」と付けてくれました。わが家のクモの三代目です。

そのクラちゃんが、昨日私がパソコンで遊んでいたら、画面上をゆっくり横切って行ったのです。そう、初代のクモもそうでしたが、アダンソンハエトリは身近まで寄ってく（れ）るのです。クモはかなり臆病な虫と聞いていますが、この種類は違うのでしょうか。

それとも、わが家に危害を加えるものがいないことを

感じて、安心しているのでしょうか。以前も初代が、作業中のパソコンから離れなくて、私が指でつまんで他の場所に移動させたことがありました。

ペットがクモなどと口にすると、「ああ、あの人も娘さんを亡くしたことで、とうとうおかしくなったか」などと言われそうですが、ペットの起源は、「人間の生活圏に寄食していた動物が馴致（じゅんち＝なれさせること）されたのが起源と想定され、きわめて古い歴史がある」そうですので、クモにも十分ペットの資格があるのです。私は、犬や猫には興味がないし、小鳥は年中ベランダに来て糞をする厄介者だし。餌の心配の必要ない、家の中の害虫掃除という大仕事をしてくれるクモは、ペットとしては優れものです。姿を見せると私は語りかけます。心が和みます。

そういえば、クモの糞はどうなっているのだろうか、とふと思いました。そこでネットで調べてみました。

クモの糞は、「昆虫と一緒で、白い塊りの尿（尿酸）と消化の残り物（大便）の混ざりものです。クモは獲物を体外で消化し、液状となった消化物のスープを吸って、大変効率良く吸収しますので、昆虫と比べれば、糞の量はとっても少ないです」、とのことですので、これまで気がつかなかったのですね。糞の掃除の心配もなし、良かった。

クラちゃん、よろしくね。

２０２２年11月18日

麦ご飯

数か月前から押し麦入りのご飯を食べています。

「（有機野菜の）宅配サービス」のカタログに、「押し麦（無農薬）生産者：有機農場」が、載っているのを目にし、購入。60年にもなる東京での生活で、麦入りのご飯を自分で炊くのは、初めてかなと思います。

押し麦入りのご飯ですが、三合炊きの電気釜で炊きますと、70グラム（約１００キロカロリー）のおにぎりが14個できます。米飯は夕食にしか食べませんので、２週間分として冷凍保存。米はコシヒカリの胚芽米（無農薬）を購入しています。カロリー計算については、在職中、コレステロール値が高かったので、保健センターの栄養士に指導を受けたことがあり、そのとき使用した『糖尿病治療のための食品交換表』(日本糖尿病学会編)を、今でも参考にしています。

麦ご飯といえば、故郷の生家では、毎日が麦ご飯でした。その麦も、米に対して結構多めに入れていたらしく、麦ばかりが目立って見えました。が、その頃は、どこの家庭でも、麦ご飯でしたので、そんなものだと思っていました。

白米のご飯は、盆と正月だけでしたので、たまに、何か行事があって白いご飯を食べる機会があると、子供心に嬉しく思ったものでした。

生家には、その頃はまだ田も畑もありましたので、米も麦も作っていました。農作業には子供も手伝いをさせられました。

麦のときには、麦踏みをしたことを覚えています。麦踏みは、霜柱害や凍霜害を防ぎ、茎数増加や耐寒性強化といった効果があるそうです。

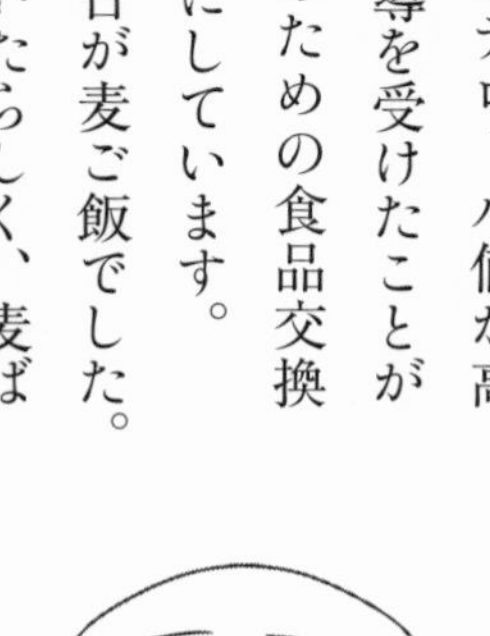

麦畑は小高い丘の上にありましたので、眺めも良かったし、何より楽しみなのは、農作業の合間の小休止に、母が作ったなべ焼き（小麦粉と黒砂糖を水で溶かし、フライパンで焼いたもの）を食べることでした。

また、畑の片側には隣との境界のためか、茶の木が一列に植えられていました。この茶摘みも懐かしい思い出です。今記憶にあるのは、摘んできた茶の葉を蒸して、炭火で熱したいろりに、いろりの大きさに合わせた大きなせいろ型のようなものを置き、そこに蒸した茶葉を入れ、家族みんなが手でもみながら乾燥させる、といった場面です。茶葉も自家製でした。

押し麦→丘の麦畑→なべ焼き→茶の木→茶作りと、私の連想記憶は続きます。

それにしても、母の作ってくれたなべ焼き、食べたいなあ、今度作ってみようっと。と書いてから、翌日には小麦粉と固形の黒糖を買い、作ってみました。母のなべ焼きと見た目は似ているのですが、どこか違うと思いました。何が違うのでしょうか？

それから間もなく、母は「ふくらし粉」も加えていた、と妹から聞きました。次回のなべ焼きが楽しみです。

近況あれこれ

ジャネーの法則

今年も、あっという間に過ぎてしまいました。月日の経つのが早い、とある人に話しましたら、「忙しいからでは?」と返ってきました。

確かに、私の一日はヨガから始まり、午前はブログ作成とその周辺の調べ事、昼から4㎞ほど近所の公園散歩、好きなものを作って食べるクッキング、時代劇専門チャンネルで好きな番組を楽しむ、アベマTVで麻雀番組観戦、ネット麻雀参戦、夕食後の読書、そしてヨガで終わる……。残り時間を、自分の好きなことをして過ごしたいという思いで、一日があっという間に過ぎ、その結果が1年までも短く感じられるようになっているのかもしれません。

最近、「ジャネーの法則:感じられる時間の長さは、年齢と反比例の関係にある」という説の存在を知りました。法則を理解するまでにはいかなくても、実感はしています。

2022年12月18日

2023

80歳からの食事

好き嫌いなく食べることが大好きな私ですが、ここ数年、三度の食事の量も内容も変化してきたことに気がつきました。

ネットでも、高齢者の食事に関する記事が多く見受けられます。認知症関係の記事も多いのですが、いまさら「認知症に効果のある食べ物」を始めても、発症が20年後では生きていないし……。などなどあれやこれやと悩んだ時期もありましたが、80歳を目の前にして、ようやく年齢によって食事の量も内容も変えていくのがいい、ということではないのか、ということに落ち着いたのです。

現在、私の三度の食事は以下のようです。

朝食：サンゴールドキウイ1個（主食）

バナナかアボカドか季節の果物1個

アーモンド10粒

青汁に黄な粉大匙1を加えたもの200cc

DHA+EPAヨーグルト1個（85g）

野菜スープ（トマト・玉ねぎ・しいたけ・ブロッコリー、生姜・糸寒天など）

か、カボチャポタージュ200cc

昼食：日替わりで麺一種と、生卵2個

汁蕎麦：きつね・かき玉・とろろなど

焼きそば：具はキャベツ・玉ねぎ・ピーマン・しいたけ・ソーセージ、紅ショウガ、青のり

冷やし中華（6月〜9月）：具はトマト・きゅうり・しいたけ・卵焼き・ハムなど

夕食：麦入り胚芽米ご飯70g（約100キロカロリー）

野菜（蒸したブロッコリー、しいたけ、湯むきしたトマトなど）

煮魚か焼き魚、肉じゃがや牛バラ肉の焼肉などから一品
実沢山の味噌汁か野菜スープ

漬物：新生姜の酢漬、自家製ラッキョウ、白菜キムチ

コーヒータイム：午後の3時頃、コーヒー250ccとおやつ（全粒粉パンに手作りジャムか、菓子）。その他、間食はなし。

土日の朝食は抜き、一週二日は16時間空腹の日を設け、長寿遺伝子の活性化を試みています。

しばらくは、この献立（？）で過ごしてみたいと思います。

近況あれこれ

皮膚科で学んだ自分の名前の意味

年末、皮膚科のクリニックへ。数年前から、顔にぶつぶつができ、消えるどころか、増えてきたので気にしていたのです。結果は、「老人性イボ」で、「液体窒素冷凍凝固」治療で消えるということです。思い切って皮膚科に行って良かったです。

治療後先生が、私の名前の、「郁」の字の意味を知っていますか、と私に言いま

した。私は「かぐわしい」とか答えますと、次のような話をしてくださいました。

天智天皇が近江に行幸された折、そこにいた老夫婦に長寿の秘訣を尋ねたところ、「この実を食べております」と言って実を差し出し、これを食べた天皇が「むべなるかな（なるほど、もっとも）」と仰せられたとか。そのときの「むべ」がその後その果実の名称になったと伝えられているとのこと。このムベの漢字表記が「郁子」だそうです。

ムベは、スタミナ果物といわれたことや、茎や根から野木瓜という生薬ができるなど、健康長寿の木で、民間療法では、強心作用・利尿作用・通経作用・腎臓炎・膀胱炎・浮腫の薬としての効能があるとされてもいるそうです。

私の名前は、祖父重四郎がつけました。親族は、どうしてその名前をつけたのか、家長である祖父に聞きたくとも聞けなかったそうです。

祖父は花や木が好きでしたし、知識も豊富で、「重四郎大学」と呼ばれてもいました。庭には薬草や季節の花々や、梨、リンゴ、桃、梅、スモモ、イチジク、茶グミ、柿、くるみ、など、実の生る木もたくさんありました。

花や果実の馥郁とした香りと、健康長寿の効用。祖父は初孫に「郁子（ムベ）」

の意味を知っていてつけたのだと思います。

80年生きてきて、自分の名前の意味を、そして祖父の思いを、新たに知り得たことは感動ものでした。

皮膚科の先生、ありがとうございました。

2023年1月18日

80歳を目前に思うこと

間もなく満80歳を迎えるにあたって、今日この頃思うことは、とにもかくにも無事生き延びてきたものだ、ということです。

最近読んだ小説で、「良くも悪くも、人は運と縁によって生かされているのです」という言葉に出会って、私もそうだったのかもしれないと思いました。

私は、昭和18年3月4日、雪のちらつく日に、戦時下の東京市本所区太平町の贅育会病院で生まれました。この病院だから私は助かることができた、と母に何度も聞かされていました。これが最初の運ですね。

私は、生死に係わるほどの未熟児として生まれたそうです。食料事情の悪い戦時下の東京で暮らしていた母自身が、おそらく栄養不足の体で私を産んだのでしょうから、私がかなりの未熟児で生まれてきても不思議ではなかったのかもしれません。

「助かるかどうか……」と担当医に言われていた父と母は、生まれてから20日ほど私に会うことができなかったそうです。その間、両親は今日死んだか、明日はどうなるのか、初めて授かった子の、死の心配をしていたのです。私は助かりました。

その後、父が召集され、残された母と子は岩手の父の実家に戻りました。

私が生まれてから2年後の、昭和20年3月10日未明、東京下町23万戸が焼失。住んでいた本所のあたりも焼け野原。東京に住み続けていたなら、私たち親子も生きてはいなかったでしょう。タイミングよく父の召集と母と子の帰郷。これも運としか言いようがありません。

この世に誕生した直後、生命の危機を二度も運で潜り抜け、80年生きて来た私。この80年の間には、運もありましたが、人との縁もまた多くありました。「出会いに恵まれた私の人生」(2022年7月)のブログにも登場していただいた方々、一級建築士だった父が30代で建築現場にて事故死、経済的に難しかった高校への進学、祖父を説得して受験料まで負担してくださった中学の担任教師千葉武夫先生。大学への道を開いてくださった高校の担任教師木下大信先生。大学の事務職から司書が適職と、図書館へ配置換えしてくださり、中国語や古文書学、図書館学などの授業の聴講の機会を与えてくださった東大文学部尾崎盛光事務長。そして、酒の楽しさと語らいの日々を与えてくださったギリシャ哲学の斎藤忍随先生と中国文学の阿部幸夫先生。「私とあなたの出会いもいわば仏縁……」と言ってくださった瀬戸内寂聴さん、娘バル……。そしてさらに何人かの方々との出会いが思い浮かんできます。

縁によって出会いがあり、出会いによってまた新たな縁にめぐり合う……。その方々から多くのことを与えられ学び得たことで今の私が存在する……。

私の80年は、生を受けた運と、必要なときに必要な人に出会うことで多くのことを学び育ってきた人生だったと思います。感謝してもしきれません。

2023年2月18日

傘寿の初日

3月4日（土）晴天。7時の目覚ましで起きて、カーテンを開けてから再び布団に戻る。まずは布団の上で日課のヨガを30分ほど行う。それから10時頃までは朝の読書。

10時過ぎに読書を中止し、布団を片付けます。ベランダの花に水をやったり、周辺の掃除をしたりと、10分ほど太陽の光を浴びて、夜の睡眠のためのささやかな準備をします。

それから掃除を始めたところに、花が届きました。カードには「お母さん、お誕生日おめでとうございます」と書かれていました。茜ちゃんからでした。看護師の仕事と、子育ての忙しい毎日なのに、私にまで気遣いしていただいて、ありがとう。

その後間もなく、友人からの花かごも届きました。届けてくれた花屋のお兄さんが、花を渡しながら、「誕生日おめでとうございます」と笑顔で言ってくれました。「80歳の誕生日です」と私が返すと、「それはおめでとうございます」ともう一度祝ってくれました。友人からのカードには「お誕生日おめでとうございます。いつまでも健やかで貴方らしくありますように」とありました。ありがとうございます。あなたとの、ずうっと続いている、月一度の、皇居1周と蕎麦屋での一杯と会話、これからも楽しみにしています。

昼の12時、散歩に出かける時間です。ゴミを捨てる日でもあるので、準備をしてから、家を出ました。

いつも散歩する公園は天気も良いせいか、家族連れでにぎわっていました。私は1周1㎞の園道を3周します。できるだけ道の外側を歩くので、4㎞ほどになります。

公園散歩の帰り道、まず図書館に寄ります。今日は返本がないので、新本書架をチェックしただけで図書館を出ました。そして向かったのは生協です。

生協は、大学生協で退職までお世話になったので、その組織や、製品管理まで、信頼できると思っていました。ですから、退職してから近所に生協の店があることを知ったときには、嬉しくてすぐ組合員になりました。あれから20年も利用し続けています。

買い物を済ませて家に戻ってから、荷物を置いて、また外出。近所に住む85歳の知人のところへ。

先日彼女のところにお邪魔した折に、大き目の洗濯ばさみで、ハンガーが飛ばないように竿に止めているのを目にしました。そこでキャッチハンガーを届けようと準備しておいたのです。彼女は喜んでくれました。

すぐ帰宅し、土日は朝食抜きなので、2時から3時近くまで昼食兼コーヒータイム。

3時からは、ネットでブログ作成や記事閲覧。

6時夕食。夕食後は、録画しておいた時代劇を何本か見る。それから風呂に20分ほど入って体を温める。風呂から上がったあとは、布団に入るまでの間、翌日の準備などをする。そして12時頃には布団に入る。

いつもと変わらない一日。でも、70歳になった、75歳になった、というこれまでの誕生日とは、心に感じるものが何か異なるのです。さあ、80代の始まり、始まり、物語は長丁場になるか、中途で幕を閉じるか……。

近況あれこれ

大きくなったKちゃん

姪の子供Kちゃんは4月から中学生です。背丈は間もなく160㎝。Kちゃん自身はこれ以上大きくなりたくないそうですが、両親ともに背が高いので、まだまだ伸びそうです。

そして姪も週3日ほど仕事に出るようになりました。

結婚前、姪は進学塾で数学を教えていましたが、結婚と同時に仕事を辞めていました。今回の久しぶりの仕事は、最初に面接に行った職場にすんなり採用してもらい、まったく経験のない事務職に張り切っています。

私は、働くことには大賛成です。人は仕事を通して多くのことを学び、成長するもの、と思っているからです。

姪の仕事のために、私も少しは助力したいと思っていたところ、在宅ワークのお父さんが珍しく出勤、二日ばかり学校帰りのKちゃんをわが家に預かりました。

Kちゃんは、おやつを食べるときの他は話もほとんどしないで、好きな算数や絵を描いて、仕事帰りに迎えに来るお母さんを待っていました。まったく手のかからない子供です。

２０２３年3月18日

本所深川散歩

勤めていた頃の同僚と本所深川を散歩しました。

私が、時代小説や時代劇によく出てくる、富岡八幡宮に行ってみたいと話したら、以前その周辺に住んでいたこともあり、多少は土地勘もある、とのことで同行してくださいました。

日曜日の午前10時、東西線の門前仲町１番出口で待ち合わせ、富岡八幡宮に向かいました。

休日のせいか、境内は骨董市や参詣客でにぎわっていました。私の印象では、これまで小説などで読んで自分が想像していた富岡八幡宮に比べて、意外に狭い境内だと思いました。たぶん、長い歴史の中での変遷がそうさせたのかもしれません。

そういえば、文京区の白山神社に初めて行ったときにも、同じような印象を受けたことを思い出しました。そのときには、江戸時代の地図を片手に訪れたのですが、現在の白山神社はほとんど境内らしい場所もないような感じでした。

それでも、この八幡宮にはかつてのにぎわいを感じさせる雰囲気が所々に残っていると思いました。長い間訪れたいと思っていた願いがかない、ほっとした気持ちで八幡宮を出ました。

それから、清澄通りを大江戸線の清澄白河駅方面に向かって歩きました。その途中で、清澄庭園や深川江戸資料館、深川図書館などを訪れました。

深川江戸資料館では、江戸時代末の町並みを実物大で再現していました（常設展示）。小説やドラマの時代劇で知ってはいても、実際の暮らしの様を目にして、気づいたこともあり、懐かしくも思いました。

深川図書館には偶然出会ったのです。清澄庭園を出てから、目についた洋館に惹かれ近づいてみましたら、それが深川図書館でした。図書館勤めだった私たちですから興味をそそられ、さっそく中に入り、見学することにしました。

建物の内部も、レトロな照明、窓にはステンドグラス、上階へはらせん階段と、外観の洋館にふさわしい造りでした。書架の高さも程よく、きちんと並んでいる本の選定も目が行き届いている印象を受けました。参考書のコーナーもまた、かつて勤めていた大学図書館の参考書の書架を思い浮かべるほど、一区立図書館にしては充実していると思いました。後日調べたところでは、１００年もの歴史をもつ図書館だったのです。

こんな図書館が近所にあったらいいなあと、年中図書館を利用している身としては羨ましく思いつつ深川図書館を後にしました。

八幡宮とともに、時代小説などには頻繁に出てくる、仙台堀と小名木川もぜひこの目で見たい、と思っていましたので、行ってみました。

どちらの堀も、江戸物流の重要な河川としての役割を果たしてきた堀とは知っていましたが、今は静かにただそこに存在しているだけ、という様子でした。

仙台堀は、現在は桜の名所としてにぎわっているそうで、私が訪れた日には、水面が見えないほどに桜の花びらが浮かび、堀全体が花のむしろのように見えました。一瞬、私は目をつむり、荷船の行き交う光景を思い浮かべ往時をしのびました。

1万7000歩ほど歩き、喫茶店で1杯のコーヒーで疲れを癒し、一日お付き合いしてくださった彼女と、次回の散歩の話をし、帰路につきました。

私の時代劇の世界をより豊かにする本所深川散歩でした。

近況あれこれ

「ソメイヨシノ」の父と母

桜の季節も終わりに近く、近所の桜並木にも、今は遅咲きの八重桜などが咲いているだけです。

つい最近、あるところで、「染井吉野」の話を耳にしました。

「染井吉野」の名前から、吉野の桜と染井の桜から生まれたように思われてもいるようですが、「吉野」は桜の名前ではなく、奈良の吉野山という古くから桜（ヤマザクラ）の名所として名高く、和歌にも詠まれたりしている場所の名前です。

幕末の頃、江戸の染井村の植木職が、育成した桜を売り出すときに、「吉野山」にちなんで、「吉野」「吉野桜」として売り出し、全国に広がったそうです。その後、この名称では吉野山に多いヤマザクラと混同される恐れがあったため、染井村の名を取り「染井吉野」と命名したとのことです。

「ソメイヨシノ」は、母をエドヒガン、父をオオシマサクラの雑種が交雑してできた樹が始まりだそうです（１９９５年　遺伝子研究結果）。

２０２３年4月18日

80歳の同級会：見知った町が見知らぬ町に

故郷大船渡から、小学校の同級会の通知が届きました。

6月24日（土）：東京午前10時36分発のやまびこ57号で出発。夕刻5時半に、大船渡線の終着駅盛に到着（震災後、大船渡線は気仙沼までで、気仙沼から盛まではJRのバス）。そのままタクシーで宿泊のための県の施設「福祉の里センター」に向かう。

初めて利用する「福祉の里センター」の宿泊施設、４人部屋に今夜は一人。

6月25日（日）：朝食後、連絡をしておいた従弟が車で迎えにきてくれる。その妹（従妹）も一緒。従弟とは、２０１４年秋に、甥の結婚式（宇都宮）で会ってから9年ぶりです。従妹とは10年以上会っていなかったと思います。

三人でお墓参りを済ませ、レストランで昼食。それから従弟の家に向かう。まだ叔父も叔母（父の妹）も健在だった頃、何度も訪れた家です。2時間ばかり話をし、従弟の車で同級会の会場である寿司屋まで送ってもらう。

懐かしい顔、顔、顔。

昭和24年4月、１０２名の同級生の出会いです。そして80歳の今、会場に集まったのは32名（男性15名、女性17名）。亡くなった方は、男性20名女性9名ということですが、連絡のつかない同級生も数名いますので、正確には？です。

3時受付開始。４時半写真撮影。写真屋さんはすでに亡くなっている同級生の後継ぎの息子で、父親の面影がありました。

5時から7時頃まで同級会。寿司屋の会席、楽しみました。お酒はビールと日本酒。ビールはノンアルコールが半数ほど。これは、閉会後車で帰る人が多いためだそうです。

挨拶で始まり、みんなで「記念樹」を歌って締めくくりました。その間は、ひたすらおしゃべり。乾杯の音頭は、私に指名がありましたので務めさせていただきました。楽しい、楽しいひと時でした。

閉会後、幹事役の同級生の車で宿舎まで送ってもらいました。

今夜は4人部屋に3人です。12時頃まで話をしていたのは覚えているのですが……。


6月26日（月）：10時40分発の気仙沼行のバスを待つ間、盛駅の待合室に座っていると、東京に出てからこれまでの間に、この駅から100回以上は乗り降りしたことが思い出されます。いつも迎えに来て私の荷物を風呂敷で背負ってくれた母。娘バルとも何度も乗り降りし、2011年1月、母の葬式のとき、先に東京に戻る娘を車内まで見送ったのが最後でした……。

家族が無になり、震災で生家も失われ、見知った町が見知らぬ町になり、そこには早く東京に帰りたいと思う自分がいた。室生犀星の思いは、正確には分からないが、「ふるさとは遠きにありて思ふもの」というフレーズが胸に広がる……。

近況あれこれ

最近読んだ本より

『三省堂国語辞典から　消えたことば辞典』（見坊行徳、三省堂編修所編著　2023刊）

冒頭の、「三省堂国語辞典とは」で、初版（1960）から改定八版（2022）まで出されているが、「各版に一貫するこの辞典の項目選定・語義記述の特色は、現代の日常生活で使われることばを取り入れているということに尽きる」とあります。改定の意味するところ、初めて知りました。

「営林署」や「MD」も消えてしまったことに驚きました。でも「営林署」は「森林管理署」に改組したからで、私が知らなかっただけのこと。娘バルがたくさん所持していて、音楽を聴いていた「MD」も辞典からは消えたのですね。寂しい気がします。もちろん辞書から消えたからとて、私と娘の思い出の中には、「MD」は生きているのですが……。

2023年7月18日

本郷で出会った宇多源氏の末裔

本郷三丁目の交差点を春日方面に折れ、真砂小学校を通り過ぎたところに「入舟」という家庭料理の店があり、私はこの店の常連でした。
「入舟」はカウンター10席足らずの細長い店でしたが、ドアを開けて一歩店内に入ると、職場や人間関係のストレスから解放され、自分の世界に浸ることのできる大切な場所でした。

ある日、いつものように仕事帰りに「入舟」に寄りますと、カウンターの入り口近くの席には、すでに男性客が一人座っていました。その姿には見覚えがなかったので声をかけないで、そのまま、先客の後ろを通り、二つばかり奥の席に着きました。

店主の中島さんが、「佐々木さん、何にする?」と私に言いました。すると、先客の男性が、「どこの佐々木さんですか?」と私の方を向き、尋ねてきました。すぐさま私は問い返しました。「そういうあなたは六角さんですか、京極さんですか？」と。「京極です」との返答。

私の記憶にあったのは以下のようなことです。

第五十九代宇多天皇の末裔に当たる宇多源氏は、「天皇の孫にあたる源雅信の子孫が武家と公家の両方で繁栄した。雅信の長男時中の子孫は公家として、大原家、五辻《いつつじ》家、綾小路《あやこうじ》家、庭田家の五家にわかれ、二男扶義《すけよし》の子孫は近江の国佐々木（滋賀県）に住んで武家の佐々木氏となった。佐々木氏は源頼朝に仕えて鎌倉幕府で重きをなし、子孫からは、京極氏、尼子氏、六角氏、塩冶《えんや》氏など、鎌倉時代から室町時代にかけて活躍した大名を多数出している。」（『なんでもわかる日本人の名字』森岡浩著　朝日文庫　2012刊）

源《みなもと》姓は皇族賜姓（皇族を臣籍に下すときに与える姓）の一つであり、私の先祖も、家系図によれば、1600年代までは、源姓を名乗っていたのです。

私の祖父重四郎が、本家の系図からわが家の祖先が分地した部分を写してきたのが以下です。

「宇多天皇後胤　佐々木弾正利綱廿二世末流　佐々木豊前之介源元綱参男三七郎秀綱慶長十六年出生　寛永十九年田茂山邑内字宇津野澤へ百姓として分地」

２０１１年の震災でわが家もなくなり、佐々木豊前之介源基綱に始まる本家も震災で流されたと聞いています。その参男三七郎秀綱が寛永19年（１６４２年）に田茂山邑に、一千町歩の土地とともに、百姓として分地したのが私の祖先の始まりです。そして、４００年ほど経た現在、残されたのは私だけとなりました。私に子がいませんから、時代劇によく出てくる世嗣断絶です。

もと屋敷があったと思われる宇津野澤には、不動神社と熊野神社、それにたくさんの墓だけが残っていました。お寺の墓とは別に、毎年正月には祖父と一緒に神社と古い先祖の墓のお参りもしていました。ある時期に、祖父が先祖の墓をお寺に移し、一つにしました。

寺の墓地の周囲のほとんどの墓は、墓石屋で作られた墓ですが、わが家の墓は自然石で、彫られた字が苔むして見えないほどです。そして、そこにある家紋は「丸に四つ目菱」。

その寺の墓も、一人身の弟が亡くなってからほどなく、他県に嫁いだ妹から、息子の名義にしたと事後承認の形で報告がありました。

佐々木家最後となる私も高齢なので、私の死後の墓については、永代供養等の方法はないものか、調べてはいましたが、まだ結論には達していませんでした。そこに妹からの「息子の名義にした」という報告。

何十年もの間佐々木の家を経済的に支えてきた私の存在を無視するような、何が起こったのだろう、と考えました。おおかた、わが家の事情を知らない親戚か寺の言う通りに、妹が動いたとしか思いつきません。母が生きていたなら、万に一つも起こりえないことです。

驚きはしましたが、甥もすでに50代。その子供たちにはまったくなじみのない土地ですから、状況としては、承継者が私であれ甥であれ、いずれ共同墓地と、墓の先行きは見えています。

私は、同じ共同墓地の運命にあるのなら、娘バルと一緒に東京の寺にしたい、と最近は考えています。都内の寺の例では、永代供養料100万円に年1万2000

円の管理費なら、２２０万円で１００年は供養してもらえるということですから、それで十分だと思いました。

１６００年代の祖先が、所有地の守り神として勧請したという神社だけが、今も残されてはいますが、近い将来管理者のいない廃社となることでしょう……。

本郷「入舟」で出会った「佐々木」さんと「京極」さんは、宇多源氏という祖先につながる者同士だったのです。京極さんは丸亀城主（本姓：宇多源氏佐々木氏流）の末裔で、現在は、1年に1度の祭りの行列で馬に乗るだけ、と笑いながら話していました。

今は昔。遠い、遠い昔の夢物語です。

２０２３年7月30日

娘の保証人

１９９０年の４月から、娘と暮らすようになりました。そしてその年の９月から、娘は銀行に勤めることになりました。そのときに保証人二人必要と言われ、一人は私、もう一人は誰に頼もうかしら、と悩みました。

何人かの友達に打診してみましたが、断られました。何分就職先が銀行なので、もしものことがあれば責任を負わなければならない、となれば二の足を踏むのも分からないでもありません。その話を私が笑い話のように話した相手の方が、中国文学研究者の阿部幸夫先生でした。

阿部先生とは、１９７８年に訪中団の一員として参加したときに、たまたま行きの飛行機で席が隣り合わせだったのが縁で知り合いました。この訪中団は、全国の図書館職員と中国関係の研究者、出版社の経営者や編集者など、１００名ほどで構成されたものです。阿部先生は、親しい仲間の一人と一緒に参加。毛沢東や周恩来が亡くなってから2年ほどしか経っていない頃です。まだ自由渡航のできない中国各地を、見ることができる貴重な機会でした。

帰国してからは、時々先生の資料探しなどのお手伝いをしていました。

大学図書館の司書には、研究者の必要とする資料を探す、という仕事もあります。そのために、司書として採用されてから、様々な勉強をさせられます。私の所属していた図書館では、世界各国の本を整理するので、司書一人が、英語以外に一言語以上取得しなければ、仕事に差し支えます。私は中国語と韓国語を学びました。文学部の授業で学生とともに学ぶのです。ヒンズー語やギリシャ語、アラビア語を聴講している司書もいました。その他にも、日本史の古文書の授業にも1年出ました。また、教育学部の図書館学、史料編纂所の先生の「工具書」の授業など、仕事の基本となる知識を学ぶ機会を与えられ、育てられました。

阿部先生から、先生が10年もの間探し続けている、現代中国文学関係の本を探してくれませんかと、頼まれたときには、いきさつはここには書きませんが、とにかく探し出しました。そのことで私を司書として認めてくださったのか、資料探しはもとより、資料探しのツールの一つである、「中国文学文献目録」を作成することも提案され、私はやる気になりました。最初手書きの自家製のようなものでしたが、学会などで紹介しましたら、「続きもぜひ作ってください」との声が多く聞こえてきました。１９７７年から10年間の文献目録を作り、出版もしました。が、勤めながらの仕事としては、手間がかかってそれ以上は続きませんでした。それでも、司書としての自分を振り返ってみますと、「文献目録」が多くの研究者に役立ったことで、いい仕事をしたなあ、と思っています。阿部先生のおかげです。

また先生はお酒も好きで、美味しい肴とお酒も楽しみました。私が娘と一緒に住むようになってからは、二人で誘っていただいていました。そのような席で、娘の勤め先の保証人が見つからない話をしたのです。それを聞いた先生は、即座に「私で良かったら」と言って、その場で承知してくださいました。娘がお礼を言いますと、「お母さんを信用しているから」、と先生が言いました。

昨年の２月には以下のような便りも頂いていました。

「トーダイモトクラシにようやく辿りつき、艱難辛苦の十年の、ごくごく一部分を覗かせてもらったところです。東北の古家のこと、マルチニと日野原先生の出会いのこと、柔らかい描写の裏に抑えこんだ数々に、歳月の流れを感じます。これが『活着（フォジョ＝生きる）』ということなのかと、少しばかり考え込んでいます……」

その阿部先生が8月に亡くなっていることを知りました。喪中のはがきが届いたのです。私の娘より先に亡くなっていたのですね。今年も年賀状を頂いていたので、亡くなることなど思ってもみませんでした……。

阿部先生も、彼岸で娘を迎えてくださったのですね。ありがとうございます。

（２０１６年12月記）

このブログは、２０１６年12月に書いたものですが、私の80年の人生の半分ほどの期間を、娘とともにお世話になった先生に、この本の締めも兼ねて、感謝を込めてここに掲載させていただきます。

２０２３年７月30日

あとがき

この本の最初に載せた「タイトルカバーのバラの花（2017・11・18）」は、ブログで公開してから6年になりますが、今でも毎日のように読まれている一篇です。

内容が、娘の来日の強い希望を実現させてくださった、ブラジル駐在員の方々のことですので、おそらくその関係者の皆さんに読んでいただいているのではないか、と思っております。本当にありがとうございます。娘も感謝の気持ちで見守っていることと思います。

他にも、繰り返し読まれているものが何篇かあります。例えば昨日のアクセス数66のうち、今月更新したものが17アクセスで「タイトルカバーのバラの花」は8アクセスでした。その他の41アクセスはやはり以前書いたものが読まれているのです。

これは書き手の私にとってはとても嬉しいことです。読んでくださる人ありて、拙いブログを14年も続けることができました。本当に、本当にありがとうございます。

それに、いつもブログにコメントを寄せてくださっている「byみやうち」さん、楽しみにしています。「クモ（蜘蛛）のクラちゃん」のコメント「……コバエやダニを食べてくれる益虫ならぜひ、住んでいただきたいです」には、クモへの気持ちがこちらにも伝わってきました。コメントありてブログ完成、と言っても過言ではありません。

読んでくださる皆様のおかげで、今回2冊目の本を出すことができました。

今回の本はイラスト入りで、ブログにしばしば登場する姪の子供Kちゃんに、描いてもらいました。それに、娘と私のも1点ずつ加えましたので、どれかな？と楽しんでいただければと思います。

もしも私が今後10年ほど生き延び、ブログを書き続けることができましたなら、それは、読んでくださる皆様の存在のたまものです。

そして3冊目のブログ出版ができましたなら、その1冊を手土産に、私は娘の待つ世界に旅立ちましょう。そしてバラの花が好きだった娘が「ママエ、がんばりましたね」とバラの花束を抱えて出迎えてくれたなら、私の過ぎ去った人生はバラ色に変わり、私と娘の周りは、バラの香が満ち、懐かしい顔、顔、顔で埋まることでしょう……。

また夢を見てしまいました。

この本を読んでくださった皆様、ありがとうございます。夢の続きはこれからのブログで……。

2024年3月4日

佐々木 郁子（ささき・いくこ）

1943年生まれ。元大学図書館司書。

退職後ブログ「東大元暮らし」を公開、現在に至る。

本書はブログの一部を書籍化したもの。

著書に『ひとり歩きができる実用中国語会話』（海南書房）安四洋との共著、『日本における中国文学研究文献目録 現代/当代』（辺鼓社）阿部幸夫と共編、『ROSE ホーザ ブラジルからのおくりもの 日本でがんと闘ったバルの記録』（幻冬舎ルネッサンス）などがある。

心《こころ》の中《なか》の娘《むすめ》とともに

2024年3月18日　第1刷発行

著　者　　佐々木郁子
発行人　　久保田貴幸

発行元　　株式会社 幻冬舎メディアコンサルティング
〒151-0051　東京都渋谷区千駄ヶ谷4-9-7
電話　03-5411-6440（編集）

発売元　　株式会社 幻冬舎
〒151-0051　東京都渋谷区千駄ヶ谷4-9-7
電話　03-5411-6222（営業）

印刷・製本　中央精版印刷株式会社
装　丁　　弓田和則

検印廃止

Printed in Japan
ISBN 978-4-344-69032-5 C0095
幻冬舎メディアコンサルティングＨＰ
https://www.gentosha-mc.com/